夏烁——著

夜晚继续

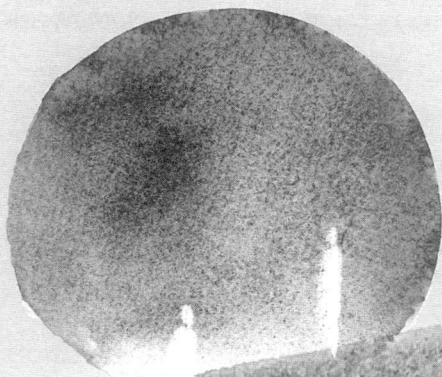

GUANGXI NORMAL UNIVERSITY PRESS
广西师范大学出版社
·桂林·

让这夜晚继续
RANG ZHE YEWAN JIXU

图书在版编目（CIP）数据

让这夜晚继续 / 夏烁著. --桂林：广西师范大学
出版社，2022.12
　　ISBN 978-7-5598-5564-0

　　Ⅰ．①让… Ⅱ．①夏… Ⅲ．①短篇小说－小说集－
中国－当代 Ⅳ．①I247.7

　　中国版本图书馆 CIP 数据核字（2022）第 200826 号

广西师范大学出版社出版发行

（广西桂林市五里店路 9 号　　邮政编码：541004）
　网址：http://www.bbtpress.com

出版人：黄轩庄

全国新华书店经销

三河市三佳印刷装订有限公司印刷

（河北省三河市杨庄镇杨庄村　　邮政编码：065200）

开本：880 mm × 1 230 mm　　1/32

印张：7.5　　　字数：160 千字

2022 年 12 月第 1 版　　2022 年 12 月第 1 次印刷

定价：49.80 元

如发现印装质量问题，影响阅读，请与出版社发行部门联系调换。

目　录

醒 着

　　他第一次遇见她是在机场大巴上，可能之前他们就坐过同一辆车，只是前几次他没有注意到她。那时他去机场上班已经两个月了，每个工作日上午七点或下午七点他都会在租住的小区门口上车。这辆大巴专门接送在机场和机场附近工作的人。上车之后他会径直走到倒数第二排，找靠窗的座位坐下，继续刷手机上各种平台里的新闻。在他的印象里，那时的新闻都还是零零碎碎的。偶尔他会注意刚上车的空姐，她们用纤长的手臂拖着小巧的行李箱，屏气凝神的姿态聚敛了车里的空气。偶尔他会在路上打个瞌睡，蒙眬中，未来的日子里，白班、夜班的循环拖拖沓沓轮转起来，醒来时又不见了踪影。他是机场的正式员工，和他一起上班的人里有临时工，也有航空公司的地勤，待遇都不如他，他的工作让他的心安稳了下来。自从他考上这个岗位之后，他的父母没有一天不是高兴的，他们只在电视里看到过省城的机场，那么宽敞，那么明亮，他们的心也安稳了下来。

　　他遇到她的前一天晚上，机场发生了爆炸案。临睡之前，他从朋友圈看到几条语焉不详的消息，醒来后又从新闻里得知爆

让这夜晚继续

炸案发生在航站楼外面，一个中年男人从背包里摸出一个自制炸弹，扔向刚从机场大巴上下来的一群人，炸伤了其中的三个人。他还知道这个男人马上就被抓住了，那三个人幸好都只受了轻伤。

那一天，他走上大巴，发现大家还是和以前一样各管各地坐着。车门关了，他慢慢地朝后面挪动着，寻找着，最后看到了她。一车人里面只有她抬着头看着前方，耳机只塞了一边，她的眼睛里和脸上有种他形容不出来的光彩，总之只有她看起来身体里有个能听会说的灵魂在。他坐到了她旁边。后来他问她："那天你到底在高兴什么呢？"她说："我就是在听歌吧。"她问他："那天你为什么要坐到我旁边来呢？"他说："我想要找个人说说话。"

现在她正在咖啡馆的沙发卡座上逗他们的女儿童童。他看不见她们相对的脸，只看到她长发披散的背影和童童梳着几绺发辫的头顶。她双臂张开分别撑在沙发的靠背和座椅上，俯身面对侧躺着的童童，他有种她下一刻就会像母兽般用嘴把孩子叼起来的错觉。

她直起身，看了看放在桌上的手机，发现已经十一点了，离元旦的钟声敲响还有不到一个小时的时间。童童还在刚才那阵吵闹的余波中，笑得咯咯响，看起来清醒得很。她满意地对他说："再坐十分钟就下楼吧。"

这些都是早就安排好的，商场"今晚不打烊，血拼到零点"，零点之前会有半个小时的表演和最后十分钟的"感恩倒数"活动。十分钟后他们收拾一下走到中庭，表演就差不多开始了，找不到靠前的位置也没关系，因为表演的内容是空中杂技。

这些打算她早就告诉他了，他多听几遍也就记得了。他们第一次带童童出来跨年，为了不让她睡着，她详细地安排了从晚餐到零点各个时间段的行程，虽然没有完全按照计划执行，但目前为止，一切顺利。

他明白把时间都规划好的感觉对她来说很重要——她已经考虑好了怎么给童童逐步安排据说是一个现在的女孩子必须学的英语课、舞蹈课和钢琴课……具体到哪年哪月——即使她随时都可能"调整"计划。

这些充实的时间线将他一点儿一点儿捆紧，他知道不是她想要捆紧他，也知道总要有个人来做计划，但他希望至少在心里可以放松一点儿，以为自己拥有时间。有一次，他越想越为自己感到悲哀，就对她说："你可以都打算好，我也都会照做，但你不要提前告诉我。"她怎么回答的，他已经忘记了，总之她还是会提前告诉他，她需要做计划，也需要他。他不会再要求第二次，当那种不自由的感觉来临时，他就不去想它。

但一切顺利的时候她就会高兴，他真爱看她的眼睛里满是笑意。他怕她的坏情绪，这么说有点儿不太公平，因为她总是挺容易高兴起来的。就像现在这样，看不出她慌张，也看不出她纠结，她耐心地理了理半高的毛衣堆领和披着的头发。

让这夜晚继续

　　圣诞节那天她达成了一年不剪头发的目标，这一年绝大多数时间她都把头发盘成发髻顶在脑后。那天发廊生意很好，她花了一整个白天烫了个大波浪。回家后她问他好看吗。他说好看，并不是因为这是标准答案。起伏的发丝替她展现了一种魅力，源于她愈来愈深情和温柔的心，那魅力本来就在她身上呼之欲出，却又让人总是指认不出来，也许是因为她和结婚前一样单薄的声音和身段，也许是因为她那种自然的特质在不经意间总会表现成笨拙甚至粗糙。此刻它们和她的新发型之间还是有一种冲突，让他愿意一直看着她，像是她的样子里有无尽的趣味。

　　童童渐渐安静了下来，但如他们所愿，走出咖啡馆的时候，她还没有睡意。童童的大眼睛是遗传了他，好奇的眼神像她。在安静的时候，童童脸上还有一种镇定的神情，是她自己的创造。他抱起了童童，童童用软乎乎的胳膊勾了勾他的脖子。

　　表演已经开始了，舞台周围围了一圈人，一个和童童差不多大小的、戴着眼镜的男孩骑在爸爸的脖子上。她很高兴看到还有别的家长带着孩子大半夜地在商场里，像是找到了盟友。

　　穿白色紧身衣的演员脸上是白色的油彩，画得像只波斯猫，张开的十指上装着长长的指甲。钢索带着她飞上去，又降下来，在半空中突然停下，她故意剧烈地摇晃了几下，引来一阵惊呼。

　　童童要求回家，她也不嚷嚷，只是拼命扭动身体挣脱他的怀抱，一着地就要往外跑。他们只好听她的。走出商场，一辆出租车也没有见到，他们叫了车，想回商场里面坐着等，但童童怎么都不肯再进去了。

隔着一扇紧闭的玻璃门，刚才响彻中庭的震人心弦的电子音乐现在听起来有些遥远了。他们三个人躲到银行自动柜员机旁一个遮风的角落里。她靠着墙，他和她面对面站着。她接过并抱紧孩子，下巴蹭在孩子羽绒服帽子的毛圈上，她开始寻找起来。

她对跨年的执着是从大一开始的。那天晚上室友带她在市民广场上看烟花、数秒。她喜欢和大家一起为一年中仅剩的时间走出来，完全投入进去，紧紧地盯着它，直到它逝去。于是每年的最后一晚她都要出来。遗憾的是这几年她找不到那种特别的感觉了，她还是在冷风和暖气里进进出出，认真地回忆、谅解、追悔、祝福、等待，在人群的喧嚣和内心的自我中寻寻觅觅，但就是少了什么，能把这一切调和得令人心醉，甚至有点儿心碎。她说不清楚，更抓不住它，她心上的气氛就是变得单调了，像是傍晚阴影交错的房间在入夜后完全被灯照亮。她想那可能是因为有了童童，每一年，童童都实实在在地长着，她不再前途未卜，也不再有无关痛痒的感伤。不应该为自己变得踏实、明朗而失落吧。今年她又有了新的说法，她在网上看到人类对高频的听力极限会随年龄增大而逐渐衰减，所以年轻时听到的音乐信息要更丰富、更美妙。她想，也许只是生理原因，他的身体不再能感受到那种复杂又微妙的东西了。

她想知道他是什么感受。他们的身体是不一样的，人和人的身体是不一样的，男人和女人的身体是不一样的。自从认识她开始，他也对跨年夜乐此不疲，不管刮风下雨。如果他能说出跨年夜对于他独特的吸引力，也许就能帮她填补上感觉的空缺。就像她试图想象他的快感来帮自己满足。但他不善于找到它并说出来，也不像她那样觉得这是很重要的事情。她还怕他说只是为了陪她，他很可能会这么说，就算他说得心甘情愿，说那不是出于迁就而是为了取乐，尽管那是可信的，但是的确也会让人失望。

她还是没有找到它。她看他拿出手机，手指在屏幕上无休无止地滑动起来。

"你看什么呢？"

"我就……随便看看。"他的视线胶着在屏幕上，很勉强地分出一点儿心神来说出这句话。公司的人事兼心理咨询师曾经对她说："在这方面你不要苛责丈夫，男人就是没有办法一心二用，不像我们可以一边刷剧，一边打毛衣。"

她接受这种说法，不过她怀疑自己也不能一边刷剧，一边打毛衣。总之，他心不在焉的回应也许纯粹出于一种先天缺陷，她不能上纲上线地怀疑他对家庭的关注和责任心。她不能忍受的是他不跟她们在一起，而是独自在远方，在那些一旦发生就没完没了的大新闻里。

"你可以把手机放下吗？"

他的手指抓住最后的机会忙碌地窜动几下，然后他把手机放到口袋里。

　　她的手机响了。他给她发了一张照片。

　　"要发朋友圈吗？"

　　是吃饭时的照片，菜刚上齐的时候请服务员拍的，他们三个拿着刀叉凑在一起，跃跃欲试的样子。她习惯性地放大画面检视起来。

　　没有人会期待看到她多漂亮，男人就更无所谓了，孩子嘛，一直都是可爱的。她在意的是没有谁的表情是勉强的，没有谁看起来像是在开小差，他们都笑得很投入。桌上的各色杯盘、背景的角角落落和他们一样温馨又整洁。如果有哪个细节提示他们的生活有问题，她是不会忽略的。

　　他们的生活确实没什么问题，他们几乎从不争吵，她可以保证童童没有听到过他们吵架。她喜欢他们在一起的样子。就像刚才在楼上他们常常光顾的西餐厅里，服务员来请他们点餐。对于他们三个来说，今天可选的只有三个档次的跨年家庭套餐。不等服务员介绍完菜单，他就毫不犹豫地选了中间那档，她跟着交还了没看几眼的菜单。她注意到这个服务员之前一直在各张桌子间奔忙，面有疲态，那时突然绽出一个满意的笑容。他走开之后，他俩谁都没有对华而不实的菜单抱怨什么。不对无法改变的事情多费口舌和心思，这是他们早就达成的默契。还有像刚才在中庭围观的时候，他抱着女儿，她抱着他们的羽绒服，他们三个的头总是凑在一起，而那个戴眼镜的男孩的妈妈正低头看着手机。她真喜欢他们在一起时的样子，一个幸福的家庭的样子。

让这夜晚继续

　　当他和她决定组成他们自己的家庭之后，她发现这是做得到的，真是个重大的发现，她有了努力过好生活的理由。不管什么事，他俩都有商有量。双方父母都无力对他们产生多大影响，他们两人又恰好有相近的好恶，比如喜欢热情回应，不喜欢主动结交；相信细水长流，不期待一蹴而就。不过真要回忆起各自以前的生活习惯，他们也说不出个一二三来。也许这些都是两个人在一起之后才慢慢明确的。领证的时候他们还没有房子，但谁也不着急。一年之后他们买了房子，虽然小，但是她善于布置和整理。她在朋友圈发的家里的照片多数是在餐桌附近拍的。原木色的桌子一边靠着墙，两边放着四把布面软包椅，墙上挂着他的同事帮他们从非洲带回来的民俗画，留白的背景上用水彩写意地勾勒出非洲妇女婀娜的背影，她在哪儿都没有见过重样的。虽然现在童童用的那些花里胡哨的东西常常丢得到处都是，但是她能保证餐桌那里随时拍出来的照片都还是像以前一样温馨又整洁。

　　只要看到乱的时候稍微整理一下就好了，那是可以做到的，就像争吵之前想想争吵是多么恐怖，冷静下来也是做得到的。生下童童之后她换了离家更近的工作，一切顺利。她在计划着换一套学区房，他说有压力，她告诉他那只是时间问题，是指日可待的。她幸福的体会就是来源于做这些事情时怀有的信心。

　　她大概隐隐地知道幸福并不是理所当然的，看到网上有捐款活动时，她常常捐一点儿。记忆中第一次应该捐给了反家暴组织，后来比较多的是捐给比如很久不见的同学的生病的同学，那不可能是假的嘛！最近的一次捐给了被塑料垃圾折磨的海豚。她不许他买彩票，万一中奖，不管是几百块还是几百万都会瓜分掉他们的运气——那种保护着日常生活的恩赐。尽管不知道向谁祈求，但有时，在感到幸福的时候，她会怀着感恩的心祈求，但愿它久一点儿，再久一点儿，但愿它持续她的一生。

她保存了照片，收起手机。他又朝她们靠过来一点儿，他和她们在一起。在他们身后的商场里，有数不清的灯在为消费持续照明。他们三个在玻璃墙面外的角落里，耳听着风越刮越大，风从离这个狭窄的角落很远的地方刮过来，那里正发生着她根本想不到的事情。她想象他们三个是风里的一条小舟。

"刚才那个戴眼镜的男孩子才和童童一样大吧？"

"现在戴眼镜的小孩太多了。"

"他妈妈知道他要戴眼镜的时候一定心都碎了。"

"他爸爸也不见得好受。"

她心里沉重，但这句辩白还是让她静静地笑了。

"你注意到了吗？他骑在他爸爸脖子上跟着节拍左摇右摆，才一会儿就会哼那首伴奏了。咱们童童就没有。"

"一切留到明天再说吧。"他提醒她。这句话还是今天出门之前她对他说的。

他接了个电话，叫的车过不来了，不远处的市民广场上挤满了人，广场前那段路也被堵得水泄不通。他重新叫了一次车，发

让这夜晚继续

现要等半个小时。他们决定先走出这个街区。

她把童童抱给他。

"她睡着了。"

"差不多了，醒了一个晚上了。"

她犹豫了一下，决定不再把她叫醒。

"明天六点四十五分把她叫起来，去医院的路上让她醒着，进了医院大门就让她睡。那里面暖和，等到做测试的时候准能睡熟，睡熟了就测得准了。"

他表示同意，没有问她为什么精确到四十五分。童童睡着的时候比醒着的时候沉得多，他把她往肩膀上扛了扛，大步流星地走起来。他想一口气走到前面路口钻进出租车里，回到家钻进被子里，拿出手机看一看那些天下大事都发展到什么地步了。

她尽量跟上他。

"你说我们是不是应该早点儿发现？"

"医生不都说了吗，现在发现不算晚。"

昨天他回到家，听她说那个医生真吓人，那么冷漠，全程她都觉得自己是在挨训，不敢多说什么。他说自己应该跟她们一起去的，实际上他们都知道他不能，昨天他请不出假来的。

在离开之前，她还是硬着头皮问了医生："现在发现算晚吗？"医生审慎地看着她，瘦削的脸上每一道皱纹都在宣告自己的权威，突然他活动了几下脖颈，像是用这几秒钟来给自己、她，还有身后那几个实习生一个喘息的机会。等他停下的时候，她意外地听到他用仁慈的声音说："不算晚。"

她的皮靴的后跟敲在地面上，听起来像是追着他跑。

"但也不算早。"

她现在需要什么呢？好好地回忆一下他们是不是有机会发现得更早？他知道一首《咏鹅》童童来来回回背了几遍还是支离破碎的，但他们说好了不要揠苗助长。更早一些，有几次他们发现她并不会对一个房间里有人到来或者离开有很大的反应，大家都说童童真安静，真镇定。

"想这些没有用，留到明天测试结果出来再说吧。"

"可是……"

她说不出来"可是"什么了。还有什么要说的呢？看到照片的时候她想明白了，他们没有再早一点儿发现，因为她总是希望目前为止一切都好。

他等待着她说下一句话，把他俩再往牛角尖里赶一赶。今天早上，她说："跟你说件事，我们以后尽量不要在童童面前把她称作'她'。"

"什么意思？"

"我们要多跟她说'你'。"

他看看坐在旁边正自己吃着早饭的童童，有点儿糊涂。

"可是她不就在我们面前吗？"

她压低声音说："对，我的意思是，尽量不要用'她'。你应该说童童就在我们面前。"

让这夜晚继续

还有昨天晚上，她告诉他网上说这种情况可能是因为缺少声音刺激。她问他："你说是不是我们把家里搞得太安静了？"

"瞎说。我们家挺正常的，别在网上瞎看。"

"你说要是我们像我爸妈那样，把邻居和警察都吵来，她是不是就有足够的声音刺激了？"

"瞎说。"

"说不定真不如让她生在一个三天两头摔盆子砸碗的家里呢。"

那不可能是她的真心话。

好一阵，只有他俩的脚步声，他的沉重，她的急促，他感到紧跟着他的那种沉默里正在酝酿些什么，没想到她赶上来两步，伸出手挽住他紧绷的胳膊说："还好被你发现了。"

前天晚上，他把卧室里柜子上的海螺拿下来给童童玩。"听，海的声音。"他把海螺轻轻地按在她的耳朵上。

她笑起来和她真像，但当他把海螺从她的右耳移到左耳时，她的笑容渐渐松弛了，她歪着头，很困惑的样子，他也困惑地望着她，直到她抢过他手里的海螺，又放到自己的右耳边。

"找到了。"童童看着他说。

有一点他从来都没有怀疑过，不管是现在还是明天之后，他都能确定，童童的身体里也一定有个能听会说的灵魂。但这不够拿来安慰她，至少现在不够。

海螺是他们第一次一起旅行的纪念品。那是个周末，他们刚认识不久，同去的还有他的一群同事和她的一个朋友。她在遥远的内陆城市出生和长大，在那之前从没去过海边。路上她告诉他，每次想到海，她都会想海螺里的声音真像别人说的那样和大海的声音是一样的吗？

他们到海边的时候已经是傍晚。他从礁石缝间找到一个海螺壳，在附近水流形成的小小旋涡里淘洗干净，递给她。

"你听听看。"

她的手腕细弱，手掌却很厚，指甲剪得短短的，退在圆实的指尖后面。

他发现让她高兴是可以做到的。浪头涌过来，伏倒在沙滩上，淌过他们的脚面又退回去，带走他们脚下的细沙。他告诉她，其实他也是第一次来海边。

路口已经有两个大学生模样的女孩在等车了。他们抱着孩子站到她们边上，陆陆续续又来了几个人，形成了一支松散的队伍。

先来了两辆出租车，不只是路边的人，还有不知从哪里冒出来的人，一齐凑了上去。车门关了，他们和那两个女孩子又退回到路边，有人还留在刚才车停着的地方。

她在这种混乱的场面里焦躁起来，嚷道："都不排队的吗？"有几个人回到队伍里，又来了一辆车，这次站着的人都没有动。她对那两个女孩说："你们的。"但女孩执意让给他们。

钻进车里后，他们都感到累极了，谁也没有说话，只是坐着，看着不知道什么地方。

后来，她听到他叹了口气，说："新年快乐！"新的一年已经进行了五分钟了。

她还没准备好回他一句"新年快乐"，她好像看见时间就在窗外的街道上，和冷寂的街景一起后退，而前方，那几乎完整的三百六十六天显得有些渺茫。

猫

　　她从椅子里站起来，走到门口，又停住了。

　　也许不用再把它找回来，她自己也要离开这个地方了；可能就是明天。她考虑给它找个新主人，应该问问住在对面那个经常给它喂食的阿婆。或者就随它去好了，这世界上有很多流浪猫。想到这里，她发现自己多少有些希望它自行消失的念头。

　　猫跑出去过几次。她住在底楼，猫的窝在屋后的院子里。它的伙伴——偶尔也是它的食物——是各种总是在凋谢的花朵、偶然路过歇脚的小鸟和地缝里的蚯蚓。有时，她见它蹿到围墙上，像个熟练的平衡木运动员，轻盈地踮着脚徘徊，还没有做好决定要去哪里。她从不去叫它回来。到了傍晚，它会从某个角落跑出来，一路上把各户人家的饭菜香闻个饱，最后，总是回到她的院子里。

　　今天早上她急匆匆地就走了，没有注意到它，回来后没有看见它的影子。早上放的猫食也原封不动地放在那里。

　　如果明天走，那是肯定不会带它回去的——家里的房子没有院子，父母也不会同意她在家里养猫。

　　她发现自己已经很久没有认真想过父母会不会同意这样的问

题了。站在门口，她想象自己回去时的样子：拖着两个行李箱，里面是一堆废物。她自己是最大的那个废物。她的手里好像添不进一个铁丝笼，让猫缩在里面。它的个头挺大，越来越大了，黑白相间的毛色并不光亮，一点儿也不像个宠物。

可这次真的得回去了。她没有足够的钱付下一个半年的房租，而且，她觉得疲倦。

前几天，有个同事跟她商量要不要一起接个私活。她拒绝了，说太累了，这是真话。她需要休息，比起房租，这是更让她担心的事情。最近她用心地给自己补充营养，可还是觉得很累。在公司里，她在复印机旁边站上一会儿，就会很想找个地方靠一靠。每当这种时候，她就担心起来，虽说幸运的是其他一切正常，但她迫切地需要休息。今天老板提前告诉大家周末要加班，她撑不过去的。不仅如此，她需要的是很长的一段休息时间。这种时候，她抵抗着不去想那次手术。她让它永远地过去了，不是吗？

最好的办法就是辞职回家，休息一阵儿，然后重新开始。但现在，"重新开始"听起来似乎也没有什么吸引力了。

今天回到家，她又一次觉得一点儿力气也没有，如果不是猫还没回来，这个时候她一定睡着了。

她喜欢猫吗？并不。这点她很确定。她知道"要对生命负责"之类的话，也打心底里同意，所以她从不忘记给猫喂食，定期清扫猫窝，给猫洗澡，上班回来或者锁门睡觉之前，她会看看它在不在。周末的下午，她就坐到院子里，不管手里干着什么活儿，都算是花了点儿时间陪它。可以说，她"负责"了，但就是没有理由去喜欢它，也并不觉得需要它。

她原本相信人们常说的，时间久了，自然会有感情的。但就连她一个人住的这几个月里，那种可以想象的感情也没有出现，让她有些自责和失望。她记得有一个适合晾晒的下午，她坐在被子的阴影里看书，偶尔从书里抬起头，看到猫在玩一只半睁着眼的麻雀。小鸟开始还企图站起来，但气息奄奄，很快就没了反应，像个绒球似的，任由猫轮换着爪子揉弄它。她坐在板凳上探着头一直看那只小鸟，直到它又被猫踢着滚了一圈，眼睛完全闭上后，她站起来进了屋。过了一周，她在泛着青苔的墙角看见几根羽毛和一只风干了的爪子。如果实在要解释她并不喜欢猫这件事，她会提起那天下午阳光下的那一幕。并不是说因为这样，所以她讨厌猫，而是她和猫只是住在一起，类似大学里那些并不投机的室友——只是住在一起，偶尔旁观，相安无事。

这是十一月，晚上外面很冷。她站在门后，伸手摸索着找钥匙。她并不喜欢它，但她不是很自信这个理由可以让她不去找它。这时她才想到，他喜欢猫吗？一定也不吧。

它被接来几个礼拜后，已经变得强壮，毛色分明，四处走动。有天傍晚，它走到他们的卧室，她仰躺在床上看着天花板，听着他在耳边喘气。他不愿意挨着她，她知道他正在表示对她说的某句话或做的某件事的不满，她不愿意去细想那到底是什么。她别过头，正看着它的眼睛。她拉过被子把自己盖上，推推身边的人说：“猫在看我，你给它在外面搭个窝吧，冬暖夏凉的。”

“嗯，好。”他抓住她的手，放在身上。

“有时候我真的很难想象，”其实她知道什么样的话会让他生气，她并不想激怒他，但她想让他知道，清楚无疑地知道，她觉得那是她在对他好，“这屋子里除了我们，再加进别的什么人……连只猫都让我不自在。”

他翻了个身，又一个人躺着，对着墙壁。

猫住到了院子里。他们在屋檐下给它安了个窝，给它喂食、清扫、洗澡，对着院子的房门总是关上的。屋里没有那股味儿了。

如果要回家的话，这个屋里的很多东西都得扔下，猫也只是他在他们刚搬进来时添置的东西之一。四季衣服得带走，书不多，但很重，扔了又觉得可惜。

和上一次搬家不一样，这次好多东西成了多余的，如果回到家，和父母住在一起，她不需要带上自己的东西，不需要自己的碗筷、电热水壶、扫帚……甚至可能不需要自己洗碗、烧水、打扫房间。

还不算太晚，她觉得自己该出去找一找。她掏出口袋里的那串钥匙，找到防盗门那一把，塞进锁芯转了一圈，推出条门缝就挤了出去，随即转身把门锁好，小跑着出了那幢楼。

“安全”，这是所有跟她有关或者无关的人听说她一个人住时都会提醒她的事情。“就因为我是个姑娘。”她想。她要自己足够小心，不希望别人担心她是否安全，特别是那些和她没什么关系的人。她更不愿哪天这些人说起一个人住的坏处时，会提到她的某次遭遇。

走到冷清的夜色里，她又犯了难。她在家听到过别人在夜幕里温柔地叫着"咪咪——咪咪——"，她相信那声音能在黑暗中召唤迷失的生灵归来。可她的猫，就叫"猫"。给它喂食的时候，她说"猫，来"；看见猫把花盆里的土刨出来的时候，她轻轻踢它一脚说"走开，猫"。

可现在，在这无数次为离家出走的小动物做掩护的静谧里，她没法像别人一样清晰又友爱地叫出"猫——"。

他也没有想过要给它起个名字，他只是把刚出生一个多月的小猫从朋友家带回来，看着她蹲在笼子前喊"猫，猫"。他怎么也不给它想个名字呢？他只是笑盈盈地望着，并不因为那只猫。

那些叫着"咪咪"的人，他们把猫找回来了吗？一天之中，猫可以跑多远呢？逃离这个小区是肯定可以的，那不管叫什么，猫都不会听见的。所以她按自己的方式找，在楼房间穿梭，四处看看。要是角落里有个蜷缩的阴影，她就拍拍手，叫一声"猫"，可那些都不是它。她想，要是它该被找回来，自然就会出现。

夜越来越深了，路边的花草树木统一地呈现着黑夜的颜色，店铺边叫嚷吵闹的孩子都被叫回家了。她抬头看看，有些房间灭了灯，只有窗玻璃上的光线不断变换着颜色，投射着电视剧里故事情节的发展。一些微小的声音从每一个被防盗门窗保护着的家庭里泄露出来，汇集在一起。它们在她耳边模糊地响着，整个小区已经准备好为明天睡一个沉沉的觉了。

现在她觉得很安全。有很多次，当她感觉到每个人都在做自己的事，而她很确定地也做着自己的事情时，就觉得很安全。在一片寂静中，她想，她走在这里只是为了那只猫，也许仍是出于"负责"，但她知道不管它现在在哪里，就算它已经用了一天的时间逃到了另一个城市——像她自己之前打算着要做，并且可能真的要做的那样——在今天这块夜幕下，它只能和她连在一起。

他走的那天，几乎就在要走出家门之前，说："猫留给你吧。"他只特意关照说猫留给她。她想都没想就说"好"。可她并不想要它，她只是想尽快结束这段告别的过程，并且觉得接受这项馈赠多少能弥补她所犯的过错。回想起来，她觉得它有点儿可怜。

有时候她想，因为它是个活物，所以他得特意关照一声。它不像他带回来的那幅画——他从大学生的画廊里淘来的，谁也看不懂，所以谁也说不出好坏。他把它挂在进门正对着的墙上，好让这套连墙都没刷的出租房"看起来更像家"——等他离开，她第一次出门后回家才发现它已经不在墙上了。多年以后，如果他们再见面，虽然那简直不可能了，他会问吗？问它后来怎样了？也许谁都不会再谈到它。但它也会像那天下午那样，踏着四朵肉垫不声不响地围着他们转圈，一停下来，正看着她的眼睛。

他走后，哀伤缓慢地笼罩了她，她可以指得出来胸口的哪个地方感觉到明显的疼痛。她觉得不用想办法结束它，这是必经的。但有天晚上她发现与其坐着耐心经受这种疼痛，不如早点儿睡着。第二天醒来时，她没有马上去刷牙洗脸，也不忙着准备早饭，而是推开房门，走到院子里，站在晨光下，深吸了一口气。猫已经醒了，摇着尾巴低头吃完了盘里剩下的猫粮。过一会儿她就要为它把盘子添满。他们互相等着对方来喂猫的日子结束了。她想到生活又一次重新开始了，这种新鲜并没有抵消伤感，但她身上又有了力量。未来又显现出吸引力，它只是稍稍转移了前进的方向。

他和与他相关的那段生活，彻底地退出了。她为自己能这么想而感到愉快，她并不需要多余的想象给往事增加分量。

可下半年的房租，她的疲劳，要不要回家，要不要找猫，和他毫无关系吗？她继续等待着猫从哪里钻出来，跑到她跟前，思考着如何得到"这些和他毫无关系"这个结论。

他走了之后，过了挺久，也许不久，但那时候她已经能对付失恋的痛苦了，她才真的害怕起来。她暗暗留意着自己身体的变化，对照她所知道的那些征兆，一遍又一遍。在神不守舍的几天里，她还是每天和早餐店的人打着招呼，参与同事间的说笑，不厌其烦地跟客户解释着新的业务，可心中总是确定了又推翻，自我安慰后又忧心忡忡。一天晚上，她打着伞走在路上，尽量避开一个个水坑。她感觉到自己没有能力去思考别的事情。这个时候她终于匀出一点儿注意力来旁观自己，发现自己被不安占据了。她决定直接去医院，一个人去。在这座城市里，已经没有什么她既在乎又相信的人了。

证实了自己的猜测后，她不想回家，或者去任何别的地方。坐在医院走廊的椅子上，她觉得经过那么多天后，终于重返地面了，因为她可以确定下一步该怎么办了。而且，因为他已经走了，"这件事情"就只和她有关。也许很久以后，她会告诉一个信任又在乎的女朋友，可现在她决定一个人解决。解决，这个词多么理智、简洁、自信。她需要理智、简洁、自信，如果她继续害怕，或者干脆开始抱怨，那这事儿就成了一个悲剧。即使没有任何人知道，她也没法接受这是个悲剧。

去年夏天的一个傍晚，他们找到这个房子，和房东约好了第二天付房钱。天快黑了，走在小区的林荫道上，她闻到人家浴室里飘出来的香味。披着湿发的小女孩饭后出来散步，正从她身边经过。他来拉她的手，分不清到底是谁汗湿了谁的手心。他们把各自所有的钱加起来，发现付半年房租还是绰绰有余的。那是她第一次知道他有多少积蓄，但她马上又把它忘掉了。

天蓝得越来越深，他们终于说完了白天遇到的种种让人心烦的琐事。夏夜的风一阵一阵吹过来，聚积在街道上的热气消散了，她心里很平静。

快要走到一个宽阔的路口时，他问她有没有看过一个电影。

"你有没有看过那个电影……"她很久没有听到这句话了，因为后来他们总是一起看电影。

她那么期待他说下去，说出一个她所知道的片断，然后惊喜地告诉他"我也看过";或是听他说一个她所不知的故事，他会讲很久，那天也是。他会把那个最好玩的片断再说一遍，他说："手榴弹在村民的粮库里炸开，里面堆的都是玉米，那个头上戴花的傻姑娘朝天张着嘴接着掉下来的爆米花。"

她想象着一颗颗饱满的白色的爆米花落在自己嘴里。

坐在医院的椅子上，这个景象又凭空降落到她面前。她突然真的张开嘴，然后叹了口气。从那个夏夜到此刻，间隔着无数的瞬间，悄悄地改变着她所面对的生活的画面。她能做的，只是面对而已。

她盘算着公司的活儿，假期的安排，事前的准备，约好手术的时间。她会在长假前请半天假。她想象了一下，如果他们问到请假的原因，她会如实说要动个小手术。如果他们问她动个什么手术，该怎么说，她当时没有想好。她想尽量避免说谎，但有些真话说出来，她并不确定自己能否承担它带来的后果。后来，她回到家，在床上躺了两天。

冬天真的到了，她觉得鼻子冰凉冰凉的，但身上穿得厚实，还算暖和。不知猫会不会觉得冷。小时候别人告诉她，猫啊狗啊，它们不会觉得冷，因为它们有一身皮毛。可它们不论春夏秋冬只有这一身皮毛啊，她很怀疑。

她走着，身上没有其他不适，只是累。不该害怕，她跟自己说，不该害怕。她把感受的焦点移到自己的身体上，嗯，一切正常。

她躺在医院或者躺在家里的时候，他一定没有丝毫的感受。她去医院，做手术，回家，这些事也和他毫无关系。只有她自己知道，还有猫。它也看见了。

从医院回来后第二天，她一直睡到中午才醒，猫在叫，它饿了，但这次它没跑出去。下床时她清楚地听到自己穿上拖鞋的声音。这里只有她一个人。她去抓了一把猫粮，放在报纸上拿进房间。"让它进来吧，反正是我一个人。"她才发现，当初把它养在院子的理由早就不存在了。她在通向院子的门前夹了一个矮凳，让门开出一条缝，让风不至于吹到她，猫也可以进出自如。整个下午，猫缩在从门缝透进来的那道光里，趴着趴着闭上眼睛就睡过了些光景，又突然耳朵一转，像是警觉到什么，睁开眼睛，直起腿，撑起身子，但只是默默地走了几步，最后又屈着腿坐下，慢慢又伏在地上睡着了。

她看着它，尽力赶走心中出现的自怜的情绪。她也不去想，她的……一直没有去想，她只是把"这件事情"解决了。关于它的结束经过的那些过程，她并不去想，她只需要清楚自己现在又和以前一样了，也又……自由了……

可有一次，她哭出了声。躺在床上，她并不害怕，至少她自己这么认为，她躲过了从出生到现在遇到的最大的危机。但，然后呢？

一起生活的最后半年里，在他们参加的两三个婚礼上，在他打给父母的电话里，甚至在他的每一次皱眉、每一个拥抱里，她都知道他在问："然后呢？"可她不想去想然后，她想永远待在这个阶段——他们已经熟悉了住在一起的生活，她每天晚上还是会跑步、看书，他们不怎么为钱发愁，并且她不时感觉到自己爱他。

她躺着休息的时候就已经想到了下一次的房租，那些烦恼不请自来，盘踞在她脑子里。她觉得那就像是一次检验，她没有通过。

包括此刻，她在夜里毫无头绪地找一只她不喜欢也不需要的猫。她知道自己正在期待一个更好的阶段，她希望不会再有任何一天与今天类似，希望今天心里这种不踏实的感觉不再继续。他就是因为期待"然后"才离开的，或者说，是因为她并不期待"下个阶段"而离开他的。而现在她却不得不想——然后呢？多么容易啊，回家，再次不用自己洗碗、烧水、打扫房间。

得找到它，先找到它再说。

绕了很久，她看到前面就是自己住的那幢楼，一个男人站在转角的地方打电话。她犹豫着要不要回家，拖着步子慢慢走着，突然觉得一阵刺眼。等到眼睛适应了这光亮，她看到一辆刚发动的轿车准备驶出住宅楼之间的窄道。轿车小心翼翼地转着弯，避免轮胎离开水泥路时陷进黄杨丛里，可它没有避开站在转角打电话的那个男人。

一定是慢慢压过去的，男人惨叫起来。"你给我停下来！"那男人跛着脚跟在车后面大声喊，"你给我停下来！"车仍然缓慢前行，男人紧跟在它后面，气势汹汹的样子并不像个受害者。

让这夜晚继续

她看着他们上了大道，车和人渐渐拉开距离。这时她看看四周，空荡荡没有一个人。发现自己是唯一的目击者后，她跑进住的那幢楼，飞快打开房门，又把门锁好。

听着自己急促的呼吸声，她问自己，逃什么呢？也许她是怕双方争执起来，让她作证，那就麻烦了。所以她拔腿就跑。她怕这凄冷的夜中，被和自己无关的事情牵绊住。可那个男人可能根本没有看到她。也许他骂骂咧咧自顾自回家了，脚受了点儿伤，过了几天又好了；看那架势，也有可能他会打电话叫上一群人去找到车主……而她，如惊弓之鸟，因为一个还没发生的小麻烦迅速逃走躲到家里。

她把钥匙扔到桌上，重新坐下后，疲劳遍布她全身，但她不想过去躺下。然后呢？这个问题拨开她心里各种各样的不安，占据了至关重要的位置。

先问父母和朋友借点儿钱，熬过这次加班后请几天病假，或者干脆想想要不要换个工作，换一个房租更便宜的地方住，可以跟人合租。她知道这些都行得通，但还是会有麻烦，总之是麻烦。

或者回家？这么做最容易。

风吹动了屋外的树叶，窸窣声传到她的耳边……是风吗？几次断断续续没有规律的响声过后，她凝神谛听，院子里有动静，那是猫。猫回来了。

循着沙沙的响声，她借着墙外一点儿路灯的光搜索着猫的影子。这细碎的声音好像是隔着什么传出来的，在她的左边，院子的角落里，以前房客留下的一张床垫斜靠在那里，她走近，探身朝床垫和墙之间望了望。

猫正伏在那狭窄的空隙里。黑暗里，她先看见了它闪着光的眼睛。它可能是觉得冷了，难道它在这里躲了一天？她想把它叫出来，猫窝里比这里暖和。"喵呜"，它的叫声短促而警觉，似乎不太友好。它站起来挪了几步，又坐下，俯下头。她按亮手机照了照……

它生了只小猫！

只有一只，她不顾母猫发现亮光后又冲着她大叫，移了一下床垫，往角落里查看。只有一只小猫。她努力回想此前猫的表现，她怎么会真的一点儿都没有察觉到它要分娩了呢？

她蹲下来，尽量一动不动。母猫不再叫了，继续蹲着舔那个小肉球。她盯着它看了会儿，起了鸡皮疙瘩。对此，她很抱歉，但她都没法在心里把它叫作小猫，它身上只有一层膜！它闭着眼，是因为刚出生吧。它被抛出母体落在地上，一动不动，也没有任何声响，那么小，那么脆弱，它能活吗？母猫伸着脖子一遍遍地舔着小猫。该不会是个死胎吧？

她站起来从堆放废品的地方抽了一个硬纸板盒，拆开立起来遮住床垫和墙之间的空隙。她把食盆移到母猫面前，让它想吃的时候能轻易够到，又去房间里找了个塑料小碗，倒了点儿牛奶拿给它们。母猫刚被带来时，她给它喂过牛奶，那次只是为了好玩。

她拿了个矮凳来重新坐下，调整了几次坐姿，让楼外的光照到它们，好让她仔细看一看。小猫的眼睛是不是眯出一条缝了？那么说，应该是有个生命在它柔弱的体内。母猫宽厚舌头的温暖，它感觉到了吗？它身上的绒毛渐渐清晰了，很短，颜色又浅，真想不出来再过一个月它也会有猫的样子了。

叫它什么呢？在她心里，它只是一个消失的麻烦，还只是一个"它"，对"孩子"这样的词，她躲得远远的。而她可以叫这个不成形的小东西是猫的"孩子"。现在她开始想它。它永远也长不成一个孩子了。不会有和解和盟誓，不会有坚持要的那种朴素的婚礼，不会有婴儿脱离母体。

太蠢了！她叫住自己。现在这么想太蠢了！

这是第几遍了，她又开始算她能拿出来的所有的钱——她的皮夹里，银行卡上，再算上一个大学同学问她借的那几百块钱。或许她可以和房东商量一下，先付三个月的房租……房东不会答应的，她说过不能养宠物，一定早就知道她养了只猫，何况，刚开始还是和他两个人一起找的这房子……或者问父母借钱？回家最容易，一劳永逸地结束了麻烦和其他的事情。

她想列出"其他的事情"是哪些事情，是否有一些是她不想放弃、非常重要的。她已经不会再去想什么"理想"了。到了现在，她能心平气和地接受自己在变得越来越平凡。这是她正在经历的。她找了一份似乎谁都能做的工作；和一个也许只有她觉得好的男孩在一起三年；每个星期给家里大扫除一次，清楚家里每一件东西的位置；她做了手术，从此身体和人生都留下一个遗憾。她自己决定做一个怎样的平凡的人——都是她自己的决定。

纸板被夜风吹歪了，她重新把它架好。小猫似乎能活，它的眼睛一直眯着。她为它们期待下一天的来临，等到明天太阳东升，她要好好看看它的耳朵和尾巴，她想知道它什么时候会睁大眼睛、会爬、会显出和母猫一样的黑白毛色，像以前她等待几颗野花的种子在盆子里发芽、抽叶、开花一样，她猜小猫比花要长得快得多。

明天，她是不会走了。

让这夜晚继续

来看画的太太约了周一，上午九点。不知道是个什么样的太太，如此勤勉，估计是想体会一下上班开工的感觉。周一，她的二分之一个休息日，本来打算把欠的觉补上，把没看的书看了。现在计划全被打乱了。

离文创园还有三站路，得换车，前面修地铁，堵着了。眼看就要迟到。车门一打开，她着急往外看，站台后面停着一辆摩的，司机也会意似的观望着她。她下了公交，左右张望几下，还是走向摩的。差不多同时，司机将车发动，满足地笑了。

"那边都是画室吗？"

"也有书店、餐吧什么的。"

"你们的工作环境真好。"

"还可以吧……"

"这条路上下班时间太堵了。地铁修不完就一直堵。还是坐我们摩的最快。"

"在门口停吧。"

"送你进去，又不加钱。你们这里送人是可以进去的，不然进不去。"

不由分说，司机驶进园内，她稍一犹豫，就被他往画室相反方向带，在园里绕了一大圈，才到达了目的地。

那位太太已经在了，从头到脚打扮妥当，纤尘不染，笔直地立在画室前的台阶上。她一边找钥匙和钱包，一边想要招呼那位太太，笑容在脸上几次堆起又落下。

"不用急。"摩的司机索性下了车，绕到她面前，对着她正在翻腾的书包说，"你们上班时间是九点吧？还差几分钟。"

她匆匆把钱塞到他的手里，没抬头看他一眼，转过身去开画室的门。她为自己的慌乱向太太道歉。

"不急。"太太大方地说，露出雅致又冷淡的微笑。

门打开了，她伸手进去开画室的大灯，又退一步让太太先进屋。这是她来画室之后才学会的礼仪。以前她总是急急忙忙，认为省掉推让不仅避免尴尬，还为大家都节约下了时间。

带着刚才那种微笑，太太移步进去，是审阅的态度。墙上的画让她的眼睛立刻发了光。

这位太太有点儿特别，单独一个人来。一般太太总是和其他太太一起来或者带一个司机模样的人。一起来的太太们喜欢叽叽喳喳品评一番。画家有相熟的太太团，他就是这样称呼她们的——太太团。太太团在她来上班后的三个月里来过几次。他们站在一起的时候，总是一派幸福的样子。太太们兴致勃勃，洋溢着审美的愉悦和消费的冲动；画家安静一些，站在她们中间矜持却友好的样子让他看上去比实际年龄要年轻，并符合人们所期待的艺术家气质。看起来，他们享受于对方的态度。欢声细语中，有位太太曾开口询问有没有"团购价"，画家轻笑了一声，随即朝别处望去。大家都立刻觉出这三个字是可鄙的。价钱标在那里，是不允许被讨论的。画家张开双臂，展示没有被挂起来的版画，看起来与油画也差不太多，引来太太们的一阵赞叹。

而这位太太，显然拥有独立抉择的自信，她在画室内踱步，前前后后，来来回回。墙上的油画画的是鲜花或风景，变了形，但能看出样子来，能看懂，又具有不可名状的艺术的美。

她介绍着这些画属于哪个系列，出自什么理念，参加过哪些画展，同系列的画参加拍卖的成交价。她刚本科毕业，专业是汉语言文学，只要听画家说几遍，再看过几篇关于画家的报道，不久也就业务精熟了。

太太听着，偶尔点头，并不发问，更没有提到价钱。她几次顺势观察太太的眼神，希望她仔细看了标价。

"还有一些版画，我也给您展示一下。"

"不需要了，我就是想选一幅油画。"

"没事儿，就是拿出来请您欣赏一下。您先坐着喝杯茶，我们可以慢慢聊。"她不喜欢聊天，不聊天的话她就有更多时间看书备考。但聊天是工作的一部分。她说这话的时候听起来是否真诚，她自己也没有信心。但反正大家应该都听惯了这样的话，希望没人会去计较。她也发现如果赏画、喝茶、聊人生这一系列的事情都做过以后，客人没有买，那她心里的失望和厌烦是压都压不住的。

"不需要了，我等会儿还有事儿。"

她应该再坚持一下的，但今天她没有心情。

"就它吧。"太太摇摇玉指。被选中的是画家书桌上方的一幅《瓶中蔷薇》。这幅画常常被来客看上，又常常因为"这么小一幅却这么贵"而被放弃。

没有多说什么，太太从包里拿出一个信封，从里面装的一沓钱中抽出了几张，将其余的连带信封一起交给了她。

她喜欢这笔体面的交易。她从柜子里把点钞机取出来，插上电源，将钞票分批放进去，重复点了两遍，自觉动作轻车熟路。这是这位太太对气场产生的影响。

她又说："您坐下来喝杯茶吧。"

"我还有事。"

又是那样的笑容，也许还有评价的目光，让她心虚。在爽快成交之后，她的邀请听上去是不是格外真诚呢？

"这是送您的画册。"

"我有一本的，不需要了。"

"您真有眼光。画家自己也很喜欢这幅画，他说画上的光影是偶然得到的。"

"我不懂，只是觉得好看而已。"太太话仍不多，脸上的表情倒是柔和了起来。

她好像的确喜欢上了这位太太，也许因为平常见到的来画室的太太们总是磨蹭着，企图显得风雅和有见识。她难得对客人有什么喜好，多是冷眼旁观。但可惜，她不喜欢她。

"如果还有时间，您坐下喝会儿茶吧，刚来了一些小青柑，口感不错，可以试试。"她想做最后的努力。

"昨天去茶叶市场了，你这话似曾相识啊！"太太笑出了声，"我赶时间，谢谢你！"

她心里一沉，但也只好无奈笑了两声。

她说要帮太太把画送到车上，太太没有拒绝。

她们一路无话，太太可能真的有事赶着去做，领着她迅速地走到了车旁。不远处，她瞥见画家刚停好车，她不知道是否应该让他们见个面。但她看到太太也留意着那个方向。

"老师！"她向画家招手。

画家走过来，步履潇洒，脸上的茫然渐渐被喜出望外的欢欣所替代。"是您呀！"

太太主动伸出了手。两只手一握，画家像是获得了巨大的安慰。

"真不知道是您来，介绍人也没说是您，今天上午又有美协的会议，早知道是您来，我就不去了。"

"没事。您这边的年轻人介绍得非常好。"太太说着热情地望了她一眼。

"真不好意思啊……"画家看看包好的画，"您要了哪张？"

"《瓶中蔷薇》。"她替太太回答了。

画家看上去严肃又惊讶，这种表情在他脸上停留了一会儿。

"您真的有眼光。"

她第一次看到画家这样的表现。

"这幅画，应该送给您的。"像是酝酿了很久，画家说出这样一句来。

"不不，应该尊重您的艺术成果。"太太说着从她手里接过画框，又急急地和他们道别，关上了车门。

画家和她一起看着太太的车走远，保持着目送的姿态。画家告诉她这是一位省内名人的夫人。那位名人的名字连她也曾在看新闻时留意到过。

"挺低调的。"她评价说。

"当然了，他们现在都很注意的，不像那些土豪。"

在回画室的路上，她告诉画家那位太太说下个星期一这个时间也许还会再来。画家说他会再和那位太太联系的，下次她在家休息就可以了。

"我也可以过来上班的。"

"不用了，休息日你就休息吧。我来接待她就行。"

她心里有些失望。这失望使她警觉起来。

上个周六是画家的画展。画家安排她负责指引和接待。她不太为此担心，上大学时，她也服务过一些校内外活动。她发愁的是邀请函上写着的"请着正装"。邀请函还是她根据画家的意思来拟的，但她不知道穿什么样的衣服才恰当。

让这夜晚继续

为了给太太们发邀请函，画家提前一个星期请她们来画室饮茶，随后一起去用晚餐。她们围着黑檀木大桌面喝茶，讨论要戴什么样的帽子来配那天穿的礼服，因为有个太太说："这幅画上的花的紫蓝色和我画展时要穿的礼服裙颜色很像，我就配一个背景那样的灰色的帽子吧。"太太们才慢慢开始讨论起着装的问题来。从头到脚，她们早已准备好了行头。

她制止自己继续聆听太太们的交谈，沉溺于此是错误的。错在哪里呢？她告诉自己，因为她们不一样，这也不是她所追求的。她只是暂时寄身于此，她所追求的是成为一名记者，要像她所崇拜的卓越的记者那样。而她目前追求的就是考上传媒专业的研究生。

画展那天，她意外地发现在文创园工作的另外两个女孩也去帮忙负责签到。一个女孩穿了黑色礼服短裙，露单肩；另一个女孩穿了碎花连衣长裙，几乎拖地。两人都化了明显的妆，她们口红的颜色是一样的。她走到签到台的时候，一个女孩正在帮另一个女孩拈走黑色裙子上的黏毛。已经有来宾走过来了。

她穿的是白衬衫和黑色裙裤，利落地跑前跑后，甚至去搬运饮料。和她一起把饮料从步行街入口搬到会所的是画家的学生。这学生只比她大几岁，是常去画室的人之一。听画家说他是美专毕业的，这几年一直跟着他学画。画家坚持称这是他的学生，而不是徒弟，"又不是旧社会"。画家只收了这么一个学生，他说他收学生主要是看人品和耐心，现在的年轻人大多都太浮躁。

让这夜晚继续

"你这样穿倒也很得体，干练，也有气质。"在电梯里，画家的学生颇为欣赏地对她说。

这让她感觉良好。那两个女孩在工作上的怠慢使她厌烦，但同时，也让她有一种清醒着的优越感。

长裙的女孩对短裙的女孩说："不知道为什么，画廊的客户虽然年纪都比我大很多，但都对我很好，就像我是他们的妹妹一样。你看见刚才进去的那个姐姐没有？她来的时候总会给我带点儿进口水果，还说要约我喝茶。"另一个女孩回应说，她认识的客户也是一样。

她想，她俩搞错了，她们对自己的处境产生了幻觉，她拒绝这种幻觉，因为那是可悲的。

但她自己有时候也会搞错。回到画室，她不由得就想起了今早的摩的司机。在付钱的时候，她看都没有看他一眼。

纠结游走在毫厘间，她小心翼翼地维护着它，使它成立，仿佛是为了自我惩罚，她沉浸其中，耗费了坐下来后最初的几分钟。

再见到画家的时候已经是中午。在停车场与太太告别后，画家先是在路上打了个电话给介绍人，详细询问了今早这位太太的近况，然后郑重地邀请介绍人约上太太一起吃个饭，时间就定在本周。随后，他去了园区办公室"见个人"。

她打算跟画家说一声就先回家，但画家告诉她下午有个她的同学会来采访，问她要不要留下聊聊天。

她虽知道是他，但还是问："哪个同学？"

"日报文化版的记者。是同班同学吧？"

"我是有个同学在日报负责文化版。"

就是他嘛，还有谁像他这样求仁得仁。

记者来的时候是下午三点。太阳光斜射在黑檀木桌面上。之前她趴在桌上睡了一会儿，醒来后做了一套新闻传播学的例题。他看到她的时候有一点儿诧异，也就是说他并不知道她的近况，这个是稍微一问就知道的——也就是说他没有关心她的近况。

她打电话给画家，铃声在墙的那一边响起。画家从工作间出来，没穿外套，边走边解掉身上满是油墨的黑色棉麻围裙，纽花毛衣在他身上包裹得恰到好处。他昂首挺胸地与记者握了手。记者没有画家那样的挺拔，也未报以同样的热情，但淡然自信的态度让人对他的专业身份有所信赖。

画家主导了这场采访，她没有像期待中那样听到记者发表高见。画家谈到他的经历，其中很多她也是第一次知道。她没有想到他在年轻的时候还做过市里领导的秘书，后来又被派去负责一家企业的改制工作。在他的口中，这些都算是走错的路。画家的辗转经历让她对人生的长途有了一种具体的认识。这对她来说也算是安慰。她在这里耽搁一小会儿，也算不了什么。

采访在一个半小时的时间里结束了。她发现留下来是毫无必要的，在最初的相认后，她和记者没有再说些什么。她只是端茶送水，像她在这里一向所做的那样。画家对她说："今天就到这里吧。"意思是她可以下班了，转头又进了工作间。她收拾包出去，发现记者正站在画室对面的路边抽着烟。他朝她一扬下巴，说："一起走走吧，头一次来。"

"你在这儿干点儿什么呢？"

她才走到他身边，他就问她。

"有人来买画，就招待一下，再处理点儿别的事情，就像是秘书。"

"那还算是对口吧。"

"什么对口不对口，"她连忙解释，"就是个兼职，这边事情本来就不多，不忙的时候我还可以看书准备考研。画家忙他自己的。噢，这个活，还是我们班主任介绍的呢。"

"我这次采访，不也还是咱们班主任介绍的，听说他们是同学，两个人关系挺好。"

"都是文化人嘛！"

"都挺能混的。班主任他都混上学院主任了，听说没？"

"我怎么可能听说？"她永远不知道记者这样的同学他们的消息和资源都是哪儿来的。她跟班主任不熟，只是因为看到他在群里发了一条兼职的消息，才有机会来这工作。对于她来说，挣点儿房租钱是迫切需要的。

"一个人开窍了就是开窍了，虽然不早，但也不算晚吧。"

她不懂他什么意思。他并不意外，继续说："这位画家不是说吗，早几年一直在画大风景，按照传统的画法，追求像。后来发现照那个路子走下去，不管怎样也不会有什么大的成就。其实这个人还有他老实的一面啊，你看他把这些都告诉我们。不像我们班主任，他这么狡猾的人，是不会告诉你，他自己还有如此笨拙的过去的。"他颇有把握地看着她。在他眼睛里，她也看到了叫作狡猾的东西。

"所以说搞艺术的还是得看眼界和想法。他知道怎样才能和艺术扯上关系，就这么开窍了。这人还算是聪明的。"他们正沿着园中主道上坡，在这一番客观分析后，记者稍微有点儿发喘。

"他的画卖得还挺好的。"在记者的启发下，她也开了窍，并不是说她以前对画家的"聪明"毫无察觉，只是她没有自信去分析他，因为画画属于另一个领域。也因为他每次谈起画画时有种一丝不敢懈怠的态度。但记者为她提供了另一个角度。

"他的题材一般是花卉、风景，雅俗共赏。这个馆，"她指向路边另一个画室，"这个馆的画家风格就很邪恶啦，有个性，挺怪诞的。但买画的人一般还是喜欢赏心悦目的。"

"园里这几个画室是政府免费给他们使用的，面积都不小。这些人混得都还可以的。"

她渐渐品出记者话里的味道，她不想让他以为她完全认同。

"都有实力吧。这个文创园是个重点文化项目。"

"他的身价还会再涨，因为名气打出来了。"

"对啊，"她刚来上班的时候帮画家整理过采访他的文字资料，"你都来采访了。"

"这种采访嘛，等于是合作。日报有这样的板块的。他还请了艺术评论家写评论，新锐的、老牌的都有。经常跑国外的画展，他知道怎么自我包装。钱花对地方了。理论武装得也挺好，说起来都是原创性，思想性，画面语言，精神层面。我都不用提问。他非常清楚自己想要别人知道什么。"

"他是看了不少书的。"画室里摆着一个堆满书的小书架，她常常看到画家把书带进带出，那是她对画家好印象的组成部分。

"说起来，他做得挺专业的。对于这些天赋并不异禀的文艺工作者来说，他在追求他能力范围内的事情。咱们班主任也是这样的人。"

这是他的一番阔论，带着点儿残酷。也许这就是她今天下午留下来的原因，她所熟悉和期待的。虽然知道不一样，但是她还是不禁想到了她自己。就拿她和他相比吧，她就知道自己是天资平平的人。

她好奇他是否认为自己是比他们更有天赋的人。

"你的工作顺利吗？"

"没什么不顺利的。群众文化就图个热闹，高雅文化受众又少。还有就是今天这种稿子，完成个任务。就是这么回事儿。至少还是待在自己擅长的领域里。"

"我记得记者是你的第一选择吧？"

"就是写点儿文章，有好玩的见识一下。没想去拯救世界，也拯救不了啊！"

让这夜晚继续

他游刃有余，轻松地说出自己的自知之明。在她听来，也许是为了泼她冷水，笑她幼稚。他们曾经聊过，在几个为由班主任组织的文学活动前期工作赶工的夜晚。他知道她的理想。

"你干吗不去媒体实习呢？"他果然把话题转到了她的身上。

"毕业之前我去过，但那里太忙了，没时间准备考试。"

"为什么一定要考研呢？"

"不是所有人都能像你那样马上找到工作的。"

"还是实践更重要啊！"

"本来也是打算读研的。"

"那你就好好准备吧，能逃就逃，别老在这儿耗着。"

她正在经受他的评判，他精于此道。她知道她目前还不能证明她自己。但他也没有资格。他是个聪明人，仅限于此。

记者看样子对哪儿都不感兴趣。他们上坡，又下坡，在棕榈树护卫的大门口告了别。他说肯定还会再见，就像他们已经是在同一个圈子中一样。她目送他，想到自己的未来还没开始，觉得庆幸。那一点点儿渴望的假象在毕业的三个月后完全消失了。

步行道上停着几辆摩的，司机们围拢在一起，蹲在两层楼高的"创文"宣传画边赌博。地上搁着三四张扑克，几张小钱在他们手里攥着。只有一个司机守在他的车上，一边从同行们的骂骂咧咧中获得点儿乐趣，一边关注着周围的行人。他看到了她。应该就是早晨的那个摩的司机，她不太记得，也没注意过他的脸，但她记得他的车身上有一张彩虹图案的贴纸。她本来打算要坐公交车的，但是他看见了她，她又想要去弥补些什么。虽然不是什么确定的念头，但为了证明她自己，她走了上去，注视着他的面容。她意外地发现他的年纪可能比她还要小。

"下班啦？"这声音里有种兴高采烈。

"嗯。"她告诉他去早晨下车的公交站。

"你们下班挺早。"

"不一定的。"

"真是好工作啊！"

"我们一样的，都是服务业。"

"我算是……交通运输业。"司机认真地说。

"司机也算是服务业啦。"

"这种工作，算是什么工作。"

"我也是啊，还不就是临时工。"

"噢……"司机像是替她感到可惜，沉吟了一会儿，说，"但我究竟是卖苦力的。"

这次她没法说他们是一样的了。司机继而说到自己如何不喜欢读书，最讨厌哪个科目，哪个老师最变态。她笑起来，平时她会笑得矜持一些，但这次不是，她坐在司机身后大笑起来。下车的时候，她轻松了，并认为她也使他感到了快乐。

她从书包里掏出钱递给他。司机瞬间流露出紧张的神色，慌忙地按下了她的手。

"驾驶证，身份证。非法营运。"她转过头，一个交警模样的人正站着，越过她的肩膀，看着摩的司机，没有表情的脸上是不容置疑的权威。

"我们这哪里是非法营运啊！"司机抵抗着，他的辩驳听起来有点儿像耍赖。

"好好看看标语。"交警往周围随便指了指。

"我们是朋友。"

"朋友掏什么钱？姑娘，别找麻烦。"交警瞟了她一眼，轻易地否定了她鼓足勇气所做的尝试。

"是嘛，我们是朋友嘛！"

"标语贴了这么多没看见？不自觉一点儿？禁止摩托车非法营运，抓到扣车。姑娘你也是，安全吗？这里公共交通又不是不方便。"交警不紧不慢地说道。

这话使她更加不能否认此时的局面与她之间的关系。

"没有非法营运嘛！"司机看样子还很乐观，瞅瞅她，又瞅瞅交警，好像多拖一会儿就能解决问题似的，"大哥，都跟你讲了，我们是朋友。她要坐公交车，就拿出钱来让我换点儿零钱嘛！"

交警扶住车头，没用多少力气，歪着头对着肩上的对讲机念叨："过来我这边扣车。"

"对啊，就跟你说了是朋友。"她为接下来要做的事而激动得发抖。

"你们两个是什么朋友？"

让这夜晚继续

她跨上车，紧搂着司机的腰，她刚才已经记得了他的宽额头，他的抬头纹，现在她发现他很瘦，衣服抱起来空荡荡的。

交警一愣。

她向前靠到司机身上，肩膀贴着他的后背，下巴放在他的肩膀上，侧脸靠近他的脖子。他男性的体味和皮肤的热度让她感到紧张和不适，但她没有改变姿势。她触到了他的脉搏，感觉到他内部的涨落。

"走吧，我不坐车了。"

他只剩下体味、热度，还有握着车把的手。他手一拧，车朝前走了。交警没有拦住他们，等她直起脊背，远离司机的身体时，听到交警在他们身后喊了一声："喂！"

摩托车继续疾驰。两边街景模糊，似乎与她隔开了，只有车流中的车灯变得更亮，夜色降临了。

那个交警不一定相信她的话，但他无法拆穿她，因为她的做法完全出乎他的意料。她和摩的司机一起，把交警甩在了后面。她帮他保住了他的车。她的嘴角勾起了骄傲的微笑。一天将要结束，人们在奔忙后纷纷归巢，周而复始，他们度过了怎样的一天呢？有多少人像她一样冒险帮助了别人？这无声的质问没有回答，但她从中获得一些自信。她将目光一直投向远得没有尽头的前方，仿佛前方有来自世界的至上的审视。

司机要送她回家。她告诉他，她住在大学城边上的城中村，但申明她会付车钱。

　　"别提钱了，万一又遇到收车的……"

　　"说我们是朋友就行了，我会掩护你。"她尽量不带有任何亲昵地说，毕竟她抱了他，不想引起他的误会。她期待自己听起来云淡风轻，成竹在胸。

　　"所以说我就喜欢开摩的，可以交到朋友！"担心迎面而来的风将他的声音吹散似的，他突然提高了音量。

　　她没有接话，她不认为他们是真的朋友。

　　他继续说："就是现在生意不好做了，滴滴啊，共享单车啊，本来这行当收入还不错的，我错过了好时候。"

　　"我看你这几天还是别拉人了。最近查得紧，要是再碰到，就不一定有那么好的运气了。索性想想做点儿别的什么吧！这事总是做不长。"她想，她或许有机会帮助他改变他的生活。

　　"做点儿什么呢？我不像你们，我一没有文凭，二没有技术。"

　　"也许可以去送外卖。你平时看不看招聘网站？"

　　"送外卖，你不知道的，我听他们说啦，"他立刻否定了这主意，听起来还挺厌烦，"总之送外卖还不如开摩的。还不如跟着我兄弟去收手机，下班还可以开摩的赚点儿外快。"

　　"你倒是挺勤快。"

　　"要挣钱嘛！像我现在这样靠苦劳力挣钱，是最傻的，收手机还好点儿，还有点儿技术含量。要说最好赚钱的，还是你们这种行当。"

"画家吗？他们是挺赚钱的。"

"其实只要有条件，我们也可以在这个行当里赚钱的。"

她以为他是在随口胡说，他却不顾危险地转过头来认真地看了她一眼。

"这件事，也是有人找我合作，是个机会。"

他竟然继续说了下去，他竟有一个"机会"。

"我能不能借你们画室的画用一下？"

"什么意思？当然不能。"她不假思索地回答了他。

"别那么快就说不行啊，你听我说。"

"你要干吗？"

她突然在脑中勾画起从村口走到住处的那条小路。她租的房子是城中村里一栋农民别墅底层的其中一间，周围环境杂乱无章，但路上有小摊日夜不歇轮番上阵。只要在村口下车，她就能安全到家。现在，她离那里还有一段距离。

她意识到了危险。她根本不了解他，却抱了他。他还拥有一辆摩托车，可以随时将她载离她的正常生活。但她强压着心里的恐惧，因为此刻的慌张会抵消她之前的表态。

那起先只是一个大胆的想法，她鼓励自己去说、去做。这壮举带来的兴奋才持续了一会儿，不安便来抢占上风。

"这个合作，"他似乎特别在乎这个词，"我们俩也可以合作。人家说，画借去后，保证及时地、原模原样地送回来，你们画家根本不会发现。人家说就是借去扫描一下，肯定会还。"

"就在这里停吧。"还没等司机停下来，她的脚几乎要着地。

司机感觉到了她的挣扎，不得不靠边刹车。

为了延长那壮举，她没有一走了之。

"是谁呢？谁找你……'合作'的呢？"

"在园区门口坐我车的时候认识的。我们加了微信好友。"

他拿出手机让她看加他微信的那个人。他们一起翻了他的朋友圈，这个人什么生意都做，看不出到底干什么的。

"他说不管我用什么办法，把画借出来一会儿就行。你看我也不是会动歪脑筋的人，我认识你啊。"

"不管用什么办法？你相信说这种话的人？你认识我有什么用呢？我们一起把画偷出来？"她试着强硬起来，而他的口气没有变，他仍是平心静气地与她商量着。

"是借出来。他不会发现的。"

"不让他发现就是偷啊！他们要拿去干吗？盗版吗？那是侵权，是违法的。"

"有供有求，不被发现的话，也不算违法啊！你想，去买他的画的有钱人，不会去买盗版；找我们买盗版的人，不会去买他的正版的画，也许他们连他是谁都不知道，我们还帮他做宣传了。越有名的画，盗版越多。而且我们用的是很好的机器，高仿。"

"你们？"她问。

她一边听着他的话，一边摇头。他已经把自己当作了那个美术黑作坊中的一员，她听得出他在照搬刚学到的一套说辞。谁都有利于自己的那一套逻辑，并对此深信不疑。

"这事违法。不能做！"她还是这么说。这个理由应该是足够充分了。

"他们一直这么做，不会有什么事。那个警察拦着我的时候，也说我是非法营运啊。是你帮的我。今早你如果不坐我的车，肯定就迟到了。有……灰色地带，对吧？我看站在你们画室门口的那个人，是在那里等你吧。不是我的摩的，她至少还要等你半个小时。"

她刚刚一只脚跨进他所谓的灰色地带之中，试图将自己的正义性从中剥离出来，试图将这两件事分开理解，尽管她预感到自己将要失败。但他提到了那位太太。她现在站在路边面对着摩的司机，这境况正是缘起自那位太太。她不愿意想起她。

"如果你愿意合作，我拿到的钱可以分一半给你。"

"一半能有多少？"她揶揄着问他。她不认为这件事有利可图，画家的原画价钱尚且不高，何况盗版。

"说不好，他说给我提成。你不是也说开摩的干不长吗？我看还是这个艺术行业有发展的潜力。"

第一次，她确定地对他感到轻蔑。在他的身上，也会有这样的幻觉，还带着愚蠢。

她给他算了笔账，又问他："你就这么相信这个人？万一他只是想要原画呢？你知道他们的地方在哪儿吗？"

他困惑了。他把胳膊肘搁到车头上，弯曲着手指来回揉搓着

让这夜晚继续

嘴唇，看上去是要费一番脑筋去想清楚这件事。

"要是遇到有人这么做，我会报警。"

她坚定地看着他，她知道自己又在冒险，但她想试一试。

他一下愣住了。他们停在两条大道夹着的一条小路上，偶有车辆路过。游荡的野狗抬头深嗅空气后复而前进，仿佛从那味道中确认了夜的时刻。她盯着他的脸，如果那上面流露出任何一丝凶恶，她一定不能错过。

"姐，我有点儿糊涂了。但是我信你。你说不能做就不做吧。"他说着，尽力凝视她，眉头皱起表示真诚。

她暂时选择相信他。她掏出手机，手机已经在她口袋里震荡了多次，是租她隔壁那间房的女孩发来的信息。她点开信息，那女孩的声音在他们俩中间响起。

"房东要把房子租给别人。你什么时候回来？赶紧回来！"

"房东要赶我们走了，你在哪里？"

"我的合同找不到了……气死我了！你赶紧回来，叫他们赔钱！"

那女孩在大学城一家化妆品店里做导购。她从来没有去过那家店。导购平时回到家说话都是懒洋洋的，因为倦怠又显得冷漠，虽然她不难相处，友好程度可以说跟她也差不多。就凭这声音，她一直想象不出来她在店里是怎么推销商品的。现在，她至少能想象她拿着喇叭在店门口吆喝时的激情了。

底层还有一间房没有租出去，她不知道到底是什么状况。她才和房东又续了三个月的合同。赶她们走？就今天？就今天晚上？

最后一条是文字信息："你那儿还有别人吗？有的话叫上一起来帮忙。"

"要我帮忙吗？"司机问她。

住处大门开着，从楼梯角到客厅的空间都被陌生的行李占领了。导购搬了把椅子，气呼呼地坐在房间门口，看见她后便催促她把合同找出来。

"你总算回来了，"女房东一边说着话，从楼梯上下来，一边上上下下打量了一番跟在她身后的摩的司机，"赶紧收拾收拾。我都帮你们找好房间了，东边排头那家，他们正好有两间房空着，还是二楼。"

她觉得女房东不可理喻，急着走进房间，只想拿合同说话。司机站在客厅里，他也打量起女房东，像是在与她对峙。女房东躲开他的目光，走过去倚到她房间的门框上，对她抱怨起这三个月来她是如何妨碍了她把整套房子租出去，而她当初又是如何顾念她们这些小女孩的不易，一念之差，答应她住下来，之后又一念之差让她继续住下去。在女房东的口中，她完全成了一个可怜的、多余的人，一个给别人带来麻烦并终于有了表现懂事的机会的人。女房东告诉她今晚必须搬出这个房间。

"放屁！"从隔壁传来导购的声音。

她不屑回应女房东的话，从书桌抽屉的底部抽出了合同，指

让这夜晚继续

着上面的日期对她说："我才交了三个月的房租，租期还没到，合同上写着的。"

"钱全转给东边那家的房东，一分都不会占你们便宜，还是按照合同来。你们去了那边整理一下，今晚照样还能早点儿睡。"

"不去。"摩的司机过来帮腔，他拿过她手里的合同翻看起来，"上面写的是这里的地址吧？"

"应该是。"她这样回答。

司机拿着合同跑到门外核对了门牌，又跑进来，喊着："地址没有错！就是这里，又不是东边排头那家。"

"你们不要这么死脑筋。就好比你从你的这一间搬到她的这一间，只是多走几步路。你们考研的，还有她，在大学城工作的，住在我们村里是最方便、最安全的了。为什么不愿意呢？"女房东继续无奈地诉说着，末了，她摆出一句，"今天搬走，我把押金还你。"

导购从她的屋子里冲出来，抢过司机手里的合同，翻到最后一页看了几眼，又递到她手里："你看看，违约怎么赔？"

她拿起合同一页页地读起来。合同是房东拿给她签的，她确定日期和金额没有问题，但其他的，她也没有印象。

她前前后后翻了几遍，不情愿地说出："好像没写。你签的也是一样的一份吗？"

"签的时候你没有好好读一遍？我可是因为你都签了所以才签的呀！"导购抱怨道。

"签合同是有法律责任的，只能你自己对自己负责。"司机对她说。

"你朋友？"导购看看司机，又看看她，故意露出意外又不解的神情，"我想你是大学生，又是学中文的，总不会有什么错。"

在导购的质疑声和女房东自信的沉默中，她泄了气，没有了对抗的激情，但这种无望倒使她下定了主意。

"我是不会搬的。"她只说了这么一句。

男房东从门外进来，戴着劳保手套，客气地说："我借了个三轮车，帮你们搬过去。"

一个温和的人突然闯入，不顾紧绷的气氛，憨憨地笑着，好像矛盾根本就不存在。

导购朝外面望了一眼。

"再怎么样也应该赔一点儿。"导购走过去对男房东说。

男房东看看老婆，请求道："要不考虑赔一点儿？"

女房东背转身从裤兜里掏出一沓钱，抽出一张一百元的递给了导购。

"还有押金。"

女房东上楼去拿押金。

"你看嘛。"导购不满地对着她晃了晃手上那张可怜的钱，也不知道是在怪她还是在怪自己。

她头一偏，没有理她。

导购自知无趣，进屋收拾东西去了。

“对，我们就在这里跟他们耗着。”司机兴奋地对她说，有点儿摩拳擦掌的意思。

她固执地站在屋里，没有打算再挪动似的。她需要他，从回来到现在，他一直以她能接受的方式在帮着她，但她还是说：“不麻烦你了，你先回去吧。”

“我就在这里陪着你。”他说着坐到客厅的沙发上，还躺下试了试。那是张破旧的皮沙发，皱纹发黑，到处露着海绵。

她仔细回想了她帮助他脱离困境的那一幕幕，以此来说服自己心安理得地接受他的帮助。

大门口一阵乱。她听见有人向导购不停地表达谢意，又听见导购热情地跟他们说再见。

租下底层三间房的新租客，一家老小，三代六个人挤挤挨挨地走进来。最小的还在襁褓里，由瘦小的老妇抱着。大的男孩身上有种刚吃饱的迟钝，他咂吧着嘴在拥挤的客厅里原地打转，发现哪儿都迈不开腿。

“这房东不讲信用，你们被骗了。”司机主动去跟他们说话。这家人对他保持着警惕，没有回应，只有老妇脸上露出了惊讶的表情。

她走出来，尽量耐心地跟他们解释房东的过错。她得让对方知道他们是同一战线的。

“不是说我们来时她们就搬走了吗？”中年男人质问女房东。

让这夜晚继续

"一个已经搬走了，这个到现在还不肯搬。"女房东指指她。

"是你不好嘛……"老妇埋怨地回了女房东一句，又抱着孩子靠近她。婴儿对这次搬家一无所知，正在她怀里安睡。老妇忧愁地对她说："但你看我们这么多行李，还抱着孩子，天也晚了……只能请你帮帮忙了。"

女人们央求她，男人们附和说都是房东不对。男孩子走到沙发那里坐下，又躺下，把腿搁起来，享受地闭上了眼睛。

"要不今天先挤挤，明天你再找找？"老妇与她商量。

"我们也再找找。"中年男人气呼呼地说。

"我们……"老妇看看儿子，叹了口气，眼前的混乱加重了她的疲惫。

走出出租房的时候将近十点。她把行李寄放在客厅里，打算明天找到住处再搬。她坚决不去女房东找的那家。女房东很生气，说她这是在为难她。摩的司机追着女房东要赔偿、押金和剩下的房租，她磨蹭了好久才拿出来。

"只是从这个房间搬到那个房间，你怎么就是想不明白呢？钱给你，也是我心软才给你。"

"是赔偿，赔偿，赔偿是应该的。"男房东边和老婆使眼色，边把钱递给她。

出门之前，司机提醒新租客看清楚合同再签。

她和司机打着手电往路口走去，在这个时候，她觉得身边有一个人比她独自离开要好多了。但同时，他见证了她的困窘。她没有坚持到底，在果断地帮助他又拒绝他之后，她这么轻易地就投降了。

"我看到那家人进来，我就想，姐你大概是要让出来了。因为姐你是好人。"

他们就快走到路灯照及的地方了。这句话局部安抚了她挫败的心。但这话也证实了，这个比她还小的"卖苦力的"，了解了她的弱。

她与他告别，这告别已经被拖延了一个夜晚。她告诉他，她会留宿在同村的同学家里。

"你要是需要帮忙，还可以找我。"

"好！"她点头微笑，又朝他挥手作别。

没有人开口询问对方的姓名，更不用提彼此的联系方式。

司机骑着车调了个头，在离开前，他回头对她说："我就在文创园那一带，这几天不一定，过了这阵应该还在的。"

她想，如果再次遇到他，她会跟他打个招呼，说说话，就像朋友那样。

下了出租车，她走进文创园的大门。她想去画室睡一宿。她没有同学住在那个城中村。她没有告诉摩的司机实情，毕竟他有过那样的想法，况且已经这么晚了。她打开书包，发现画室的钥匙不见了。

回想这一整天，从帮那位太太打开画室的门之后，钥匙就再也没有出现在她的记忆中过。她也许把钥匙落在了画室的哪个角落，以前就发生过一次这样的事情。

她一直回想到，在出租屋里收拾东西的时候，摩的司机曾帮她拿着她的背包。园区里万籁俱寂，她只听到自己犹疑的脚步声。不远处有一间画室亮着光，也许就是画家的画室。下班之前，她听到画家打电话说今晚会带着在园区办公室见的人去他在郊外的别墅。

画室的窗帘拉着，那灯光隐隐地透着，微弱却如此明确。

她想过别的可能性，也许是画家忘了关灯，也许是他改变了计划。可她的钥匙不见了。站在这静谧的夜里，没有什么来打扰她的思绪。她甚至想到画室里面的人就是摩的司机，因为他一大早载她时的热情，因为他没有技术又向往"艺术行业"……她已经想好了要怎么去劝说他，再一次帮助他。

大门没有反锁，她走进去。工作间亮着灯，敞着门，门口堆着画框的那一块静止不动，里面传出不成句的歌声。她没有迟疑，走了过去。

里面的人穿着画家的围裙，戴着画家的袖套，自信地执着笔。画架边的高凳上放着透明的花瓶，里面插满了鸢尾。

"是你啊……"这情况比她想象的要简单得多。

"你怎么来了？！"画家的学生惊喜地说，没有停下手中的笔。画家画画的时候从来都是关着门，也不允许别人去打扰。在她工作过一整个夏天的画室里，眼前的这一幕，对她来说是新鲜的。

让这夜晚继续

"我得在这儿睡一晚。"她想，凭他们一起搬运饮料的交情，他应该能理解她，她会向他解释，请他不要告诉画家。

"那你怎么在这里？"

"来画幅画。"

"这么晚？"

"白天没时间，老师说最好下星期之前画出来。"

她似懂非懂地点点头。

"白天你卖掉的那幅画，你觉得怎么样？"

她没想到他对画室的交易这么了解。

"那幅吗？很美啊，上面的光影很特别。而且那幅还挺贵。"她不好意思地说她不太懂得看画。

"那你喜欢那幅画吗？"

"喜欢啊。"

学生的目光在实物和画布之间移动，但他终于无法将注意力集中在画画上。他抬起眼，得意地看着她说："那幅画是我画的。"

"不可能吧，上面的光影……是老师偶得的啊……"

"偶然在国外的画展上得到的，"他拿出平板，翻出一幅静物花卉的油画给她看，"老师当时就是让我照着这个路子画。这幅也是，你过来看看喜欢吗？你要是喜欢，我过了这阵再画一幅，送给你，好吗？"

他先是笑着，然后又诚恳地、讨好地望着她，毫无掩饰，毫不沉重。她没有走过去看画，她从来没有想过要拥有一幅油画。

她需要油画来做什么？她需要的是他注意到她此刻的震惊。

"这样可以吗？"

"我画的，我送你怎么不行？"

"我说你和老师……那幅画是你画的？"

"不止上午那幅。学生代笔，书画界古已有之啊！老师书架上的那本书你看过没有，好多大师都是找人代笔的。"他走出来，将外间的灯打开，从书架上拿了一本讲画家逸事的书递给她。

她一眼没看就放在了书桌上。她还不想改变对这件事的看法。她看见了钥匙，就在书桌上的木盘子里。

就在前一刻，她还以为在画室里的是摩的司机，以为他会对那个愚蠢的主意一意孤行。她竟揣测他为此处心积虑。她回忆了每一个她没有注意到的空隙，想象出他偷偷打开她书包的样子。他说他信她，她以为自己把他当作朋友。她想默默对他说一句抱歉，可就算只是在心里，她也没法认可这歉意，因为她意识到这歉意也可以是短暂的，和她所有自以为的态度一样，只要这个夜晚再继续发生些什么。

画家的学生站在她面前，如此坦然。他们会在心里说抱歉吗？比如对上午买画的那位太太。

"老师他有需要他去忙的事情，他得去应酬，还要专注做系列，那个系列他都憋了很久了。"

她觉得他正躲闪着不说出真实的态度。她一直在等着听到他对他自己和对画家的评判，直到他说："我能跟着老师算是很幸运了。我这个人，才华是谈不上，但是我踏实，愿意学。这一点，"他认真地对她说，"我们俩很像。"

她无力地苦笑了一声。

"你怎么知道我是什么样的人？"

"这还看不出来？"

幻　光

　　祖母在楼下跌了跤。当时，"咚"，一声闷响，从一楼最后一级台阶传上来。爸爸穿着拖鞋夺门而出，自言自语着"这下完了"。我迟钝地站起来，也知道爸爸说的是什么，但还心存侥幸，直到听见楼下炸开了锅。

　　这是祖母第三次跌跤。两年前，她第一次跌到了腰。清晨四五点钟，她在房间里甩了甩腿，就摔倒了。她在床上躺了三个月后，总算恢复过来。我们怪她不该那么早起，不该在房间里锻炼。过了一年不到的时间，她第二次跌跤，碰到了头，打了几天点滴，所幸没有什么大碍。但她的脸上泛着淤青，两个眼圈都紫了。爸爸说，像鬼一样，一打眼会被她吓死。明明是很难过的事情，但爸爸说这句话的时候，听到的人都笑了出来。

　　那一次，没有人再怪她不小心，她逃脱不了跌跤的厄运，从第一跤开始。

　　祖母被抬上担架，又被抬去拍片，再被抬上病床。她的大腿骨折了。每次抬之前，爸爸都对她说，没办法，医院一定要去，片子一定要拍，总不能一直这么躺着。他自己也咬咬牙。

手术定在第二天下午。能做手术还是好的。

姑妈一家也过来了，来得有点儿迟，爸爸有点儿不高兴。最手忙脚乱的时候已经过去了，祖母最痛的时候也过去了。大家商量着还是要请个护工。我提议说请祖母前一次住院时照顾她的护工，大家都说同意。他们惊讶于我竟然有她的电话号码。

"叫护工的事情就交给她吧。"爸爸故意轻描淡写地对大家说。

"阿婆，你还在做护工吗？"电话打通了之后，我先这样问她。

她支支吾吾地没有说。

我从这犹豫中听出自己问得不恰当，赶紧说："我奶奶又住院了，还是想要麻烦你。"

"是你呀！"她听起来是高兴的。

她来得很快，也许是挂了电话就动身过来了。她随身带着一个环保袋，里面有她的牙刷和口杯，看起来已经做好了陪夜的准备。

"阿婆，你一点儿也没有变。"

"头发都白了，"她用手掌根撸了撸前额的头发，"你看我的头发比你奶奶的都要白。"

她的一头花白的短发顺着烫过的纹理被梳得服服帖帖。她穿了一件灰色的花呢上衣，老太太穿的那种，有点儿笨重，不太适合干活，但挺体面。

幻　光

　　她走到祖母的床头。为了避免不必要的移动带来的疼痛，也因为虚弱，祖母休眠了一般，只露了脑袋在被子外面，看起来很疲惫。护工伸出手拢了拢祖母乱蓬蓬的头发。

　　"你看，你又跌跤了，又住院了，又要麻烦你的儿子孙女，又要麻烦我，是不是？"

　　像是逗孩子般，她嬉笑着凑近祖母的脸说。在昏昏沉沉之间，祖母艰难地点点头。

　　她早早地给祖母擦洗，又前前后后整理了一番。医生、护士来交代术前事项的时候，她也和我们一起围上去仔细地听。祖母偶尔会拉起被角盖住眼睛，她一定嫌这灯光太亮。我却感觉到它们舒缓了我们的紧张情绪，如果它再暗淡一点点儿，混乱、怨怼、疼痛、不洁……会在阴影中被赋予形状，家属们会早早离开。而现在，在被灯光照射着的病房里，我们都觉得还能再熬一会儿，甚至还因为一家人在这里相聚而感到有些愉快。

　　爸爸要去上晚班，他俯下身和祖母告别，用比平常大很多的声音对她喊道："胆子要大一点儿啊！"

　　祖母哽咽着应了他。

　　这是姑妈今天第一次听见她哭，很新奇似的过去看看她。

　　护工把爸爸送到电梯口。姑妈一家走的时候，她也跟他们告别了好一会儿，仍是把他们送到电梯口。

　　我说我想多待一会儿。

　　当祖母下楼的时候，我正在看手机，我知道她提了个垃圾桶下楼，我甚至预感她会摔这一跤。但我正看着手机，无法自拔。那绝对是毫无意义的浏览，因为现在我一点儿都不记得我看了些什么了。但那个时候，我就是那么沉浸其中。不可自拔会招致惩罚。

祖母现在躺在病床上，明天下午，她要一个人进手术室，我却想到我自己受到了惩罚。

只剩下我和护工两个人。她没有了刚才送别时的热情，那种亲热劲从她的脸上一点点儿地退却了，而她的脸并不因倦怠而完全失去了表情，那上面逐渐浮起了冷漠的神色。

我俩什么话都不说，一人坐在一把凳子上，靠着冷冷的瓷砖墙面，盯着还没有滴完的输液袋。

我注意到输液袋空了的时候，药水只剩下管子里的一点儿了。我喊了一声"药水快没了"，然后赶紧按了铃。护士来换药时，针管里已经有些回血，护士绕着管子，批评我们叫得太晚了。

听到我喊"药水快没了"，护工蓦地站起来，像是吓了一大跳，却呆呆地望着我按铃，又呆呆地望着护士。

我们都走神了。不过这是个偶然，并非什么大事。她比祖母年轻许多，但也早就有了孙儿。等最后一袋药水输完，我拜托了护工，离开了医院。

从祖母第一次住院开始，我们就请了护工，这样大家的日常生活都不会被打乱。祖母也赞成，说这样的话她心里轻松。请的第一个护工是个壮实的村妇，她来的时候我正好在病房门口，看她空着两个手，脚步沉重地从走廊另一头慵懒地走过来。

她通常是坐着，只要我们在，她从来不站起来干活。她面无表情，也看不出有跟谁交流的需要，对自己的处境很坦然的样子。祖母说她晚上叫也不应。

爸爸忍了她一个白天和两个晚上，直到同病房的病人向他抱怨说："你们这个护工，一整晚的鼾声，比谁都响。"

我不知道爸爸是不是一开始就想要辞退她，他选择先跟她理论。他向她申明："认识我的人谁不知道，我从来不为难别人。"

爸爸历数了她的表现。她仍是那样，不作声，像是打定主意，不管发生什么，都以不变应万变。

爸爸被逼得有些激动，不禁牵扯起四肢来喊道："你这样也太过分了！"

那村妇脸上终于有了反应，是惊讶的、嫌恶的表情，但仍是不说话，不回应。

爸爸从来不想得罪谁，实在忍不住要去理论什么事情的时候，说不上几句他就激动起来。在离开他之前，我妈妈很嫌弃他的这些。

爸爸还喋喋不休地试图让她承认自己的失职。护士低着眼，心无旁骛地在这局面中进出。爸爸去了护士站，请她们帮忙再找一个护工，护士爽快地打出了第二个电话。我们不认识护工，人是她们帮忙叫的。她们有个小本子，上面记了护工的电话。

我们就请到了这个阿婆。

她齐齐整整地出现在病房里，满面微笑地看着我。

"是你们家需要人吧？"

她走到我身边来，低声地说，几乎是耳语。

她来的时候，也是随身带着自己的袋子。她从祖母病床边的床头柜里拿出一个一次性杯子，凉了杯开水。过后我才知道，那是给祖母放假牙的。祖母说不必这么讲究，在家里她也是放在自来水里的，但她坚持要这样做。晚一点儿的时候，她去护士站要了点儿酒精棉花来擦手机，还分给了我一点儿。

她爱清洁，她的声音轻柔，却饱含热忱，她微微探着头，关注着周围，再加上她脸上一贯的表情——保持着微笑，像对眼前的事抱有理解和耐心，像总是有人在注视着她。因为这样，我甚至觉得不必为祖母频繁起夜而对她感到抱歉。这活计不容易，祖母是个胖阿婆，应该是从生完孩子开始便无法逆转地发福。而她是体态轻健的类型。这只是第二个护工，出于对世事的怀疑，我告诉自己还不能确信目前所看到的，直到她说——

"我信耶稣。"

她并不是突然说出来的，是她来的第三天，爸爸感激她，向她诉说了找一个好护工的不易。

她告诉我们这一点。祖母听了朝我眨眨眼。作为一个大字不识的烧香老太太，她知道信耶稣就是跟她非属同类，但也只限于此。

因为这句话，我觉得她脸上那是温顺的表情，像是沐着光。

有天傍晚，我下班后刚到病房，她跟我请假，说要去接孙子。

"他妈妈给我发短信说今天没空接孩子。"

她拿着她的手机要给我看信息，急匆匆的。

我说："你去吧，吃完晚饭再回来。"

没多久她就回来了，还是一边朝我笑，一边小声跟我打招呼："欸，欸。"进了屋以后，他就坐下来，发了一会儿愣。

不忙的时候，她手里常握着手机，只能打电话、发短信的那种手机，她也不大看。有时收到短信，她就回短信，来来回回几次，像年轻人一样。

那次出院的时候，祖母和她四只手紧握着，互相嘱咐要注意安全，当心身体，祖母回家后又躺了很久，终于慢慢地能起来坐一会儿，能下床走走，直到又能自己去小区的公园里面散步聊天了。有一天，她对我说："那个阿婆，就是人很干净的那个阿婆，也住在这个小区，是从轴承厂退休的。"

"你怎么知道？"

"我怎么不知道，小区里的人对我讲的。她的老头早死了。儿子吸毒，独生子，离婚了。有个小孩，跟着他妈，但她也要帮帮忙。"

"噢……"

这种"原来如此"的感觉，让我承认自己之前对她存着一些疑惑。

祖母的手术顺利完成。所谓不幸中的大幸。不幸就是跌一跤，大幸就是吃一刀。我们赶着去想到这些幸运，好快一点儿忘记不幸之不幸。

回到病房，祖母躺在床上一度说不清话。唯一听得清的是她在喊妈。一开始她喊"妈呀妈呀"，我以为她是觉得疼，但又听到她喃喃地呼唤着："姆妈，姆妈。"

我的祖母生了三个孩子。一个孩子早夭，剩下的一儿一女都年过半百。她的母亲在她很小的时候就过世了，我问她她母亲的名字，她说不记得了。但在病床上，在八十岁的受着挫折的躯体里，在麻醉与年迈的混沌里，她的灵魂也许召唤回小女孩时的自己，也许又清楚地看见了穿着草鞋正在田埂上行走的正当青春之时的母亲，她的在昏睡中得以自由的灵魂不断地呼唤着"姆妈，姆妈"。

护工站在她的床前，笑着看着她。

接近半夜的时候，她似乎完全清醒过来。我告诉她，她咕噜咕噜说了许多胡话，我们一句都听不懂。不过她喊"姆妈"，我没有告诉她。她没有力气回应我。

祖母术后情况不错，医生每次来检查伤口都是令人欢欣鼓舞的，还表扬她恢复得好。

"蛮顺利的。"

爸爸和姑姑两个人在病房里遇到的时候总是这样对对方说。他们俩不再那么紧张，回到正常的状态，做哥哥的宽容，做妹妹的感激。一切顺利，只是我开始听到护工跟我抱怨。

幻　光

"老太太晚上上厕所实在太多。"

因为护工的工作做得无可指责，我便劝祖母稍微忍一忍。

"怎么忍呢?"祖母有些生气。

听到我替她说话，护工也走到祖母病床前。

"你就是太娇气了，晚上一定要喝水，半夜就要上厕所。你现在这样，不如忍着，动来动去也辛苦。如果是我，我就忍得住。"

她的声音还是轻的，但说得急促，恨恨的，带着喘气声。她说这话的时候，既没有看着我，也没有看着祖母，而是垂着头，张着手掌对着胸口，样子有点儿古怪。

我又劝祖母："要不晚上就少喝点儿水吧?"

祖母瞪了我一眼，不再和我说话。

幸而护工没有继续刚才那种状态，她指着祖母，开玩笑似的对我说："你看，她就是不听话。"

我讨好地对她点点头，又摇摇头。她拉着我的手走到病房另一头。

"老了!"她捂着嘴，在我耳边说道。说完，她对我会心一笑，似乎不再把这事放在心上。

祖母靠在床上，赌气地望着窗外。

护工还是和前一次一样勤快，祖母和她的病床、床头柜、内外衣物都干干净净的，我们都很放心，也都轻松。祖母每天盼着早点儿出院，医生来查房的时候，她总要问什么时候能出院。

"妈，你怎么又问医生? 医生都要被你问烦了。"

姑妈不好意思地阻止她。

医生倒是每次都爽快地回答她："快了。"

正是秋冬之交，下班去医院的时候，我心里渐渐怅然，也盼着祖母赶紧出院，这样，天黑的时候，我不必走在晚风寒冽的街上，她也不必躺在不是自己的床上，我们就都可以待在家里了。

到了病房，看见护工手里拿着绞过的毛巾站在祖母面前，审视着她。

"稍微等一会儿，睡觉还早着呢。你也休息休息。"祖母跟她商量。

"你孙女来了，你跟她说吧。"护工把毛巾扔进水里，"水都快冷了，不想擦就不擦吧，浪费掉一盆水。"

护工的勤快负责，此刻不知为什么让我也感觉像是一种逼迫。

"阿婆，你休息着吧，等会儿我来帮她擦。"

"对，她来擦吧。"祖母立刻应和道。

"好嘛，你不让我擦。"

护工端着塑料盆去了洗手间。

"我不要她擦。"祖母看着我说，她那哀求的眼神让我意外。

"为什么呢？"

"她说我，"祖母近乎要哭，"一边擦，一边笑，还要跟旁边的人说我皮肤好，光滑。"

我心里发毛，连忙说："我知道了。"

"那要不要换一个人呢？"我又问她。

"不用了，又不是一直在医院住下去，熬过这几天就好了。"祖母用力握住我的手腕压低声音说，看起来有些忌惮她。大概因为我懂了她的话，她又宽慰地拉起我的手，脸上努力地舒展开，眼泪终于没有掉下来。

"又在跟孙女说什么悄悄话呢？"护工走出来，轻声轻气地，用做戏一般的腔调说着。

我还没从不舒服中缓过劲来，在病床前坐下，不想说话。

她收拾了一阵，也在墙边的凳子上坐下。

沉默中，她又突然说："你看，你孙女多好，每天过来看你。就是因为你，她到现在还没有找对象。"

"不是这样的。"我立刻淡淡地说，没有回头。

"还有你儿子，到现在还没再结婚，就是因为跟你住在一起啊！"

我郑重地对祖母摇摇头，她正求助般的看着我。我希望她看出了我眼睛里的确定，希望她能信任我。

我不再让护工帮祖母擦身，每天下班就早早地赶过去，抢着做掉一些活计。我没有对爸爸或者姑姑说这些，我不知道怎么说，好像根本说不出什么来。我对她仍是客气的，比以前更客气。我也问过祖母："这个人这几天还好吗？"

"没什么，忍一忍就好了。"

每次我给祖母擦身，就会想到她"一边擦，一边笑"样子，心中不禁生出一丛寒意。

也是一直到这个时候，我才想起来我记下她电话号码的那一次。

是祖母跌到头那次，要住院输液治疗。我想要找这个护工来帮忙，便去护士站问护士。

"我想要找那个很干净的、信耶稣的阿婆。"

护士竟立刻知道我说的是谁。

"她这几天在别人那里做。"

我有点儿失望，但那个时候，我的祖母又住院了，我想起她的好，就是想去看看她。不为她，是我自己需要去看看她。

护士告诉我，她在新建的附楼。

绕着U字形的住院部大楼，我按照护士给的房号找到了那间病房。

推开门，里面没有声音，是间单人间，病房很宽敞，窗帘拉拢着，缝里漏出照着微尘的光。

我看到她，她靠着墙坐在凳子上，抬着头发呆。

我叫："阿婆。"

靠在病床上的老太转过头来，面无表情地看着我。而她，还是直直地看着前面，丝毫不为所动。

我又叫了她一声。那老太冷冷地看看我，又看看她。我不得不走进去几步，又喊她。

"阿婆。"

她终于转过头来。我早已看见过光在她脸上消失的景象。

幻　光

祖母出院那天，姑妈一家比我们来得还要早，看见爸爸，姑妈走过来低声说："护工的账结掉了哦。"

"干吗？"

"哎呀，一点点儿嘛！"

"嗯。"爸爸点点头。姑妈像是立了功，整个上午都现出骄傲又满足的样子。

临走之前，护工对祖母说："你要小心点儿，不要再跌跤了，不要再麻烦大家了。"

"你也是，不要再做了，退休工资也够吃了。"

我轻轻推了推祖母，让她不要再说了。

护工垂着头，嘿嘿地笑，没再说什么，从柜子里拿出自己的袋子，就这样垂着头，离开了。

祖母又从这一次的不幸中恢复过来。我们一致同意装在大腿里的钢钉就随它去好了，没有必要再取出来。每次下雨之前，祖母的腰和大腿都会疼。疼过几次之后，她不再说，我们也不再问了。

开春后，祖母走动多了起来，我们劝她少出门，但没有什么用。周末的下午，我陪她去了小区里的公园。在回家的路上，我们碰到了那个阿婆。

远远地，她朝我们走过来，头渐渐偏向一边，没有要打招呼的意思。我们也一样。

让这夜晚继续

　　祖母和我突然默契地彼此沉默了。祖母不动声色地扒掉了我扶着她的手。就在快要遇上的时候，阿婆拐进两栋楼之间，走掉了。

　　我们继续往家走，跨上祖母跌跤的那级台阶，爬上楼。进了家门，祖母在鞋架边放好她的拐杖，走到祖父做的八仙桌边坐下；祖父以前是个木匠。她把保温杯递给我，让我帮她加满水。接过水杯，她喝了一大口，放下杯子，说："她也可怜，我不计较。"

青梅的滋味

快要开春的时候，我和同期被招聘进培训学校的几个老师一起被派去北京学习。我们在一个度假山庄学习，为期一个月，每周日休息。我不知道我们离市中心有多远，这是我第一次来北京。和我住一起的是个音乐老师，我挺喜欢她。大概因为我本来就喜欢音乐老师，原因说起来有点儿奇怪。我以前上班的公办学校里唯一的音乐老师跟我在同一间小办公室，年纪跟我差不多，我俩私下没什么交往。元旦迎新晚会排练之前，她加了好几个夜班构思节目，因此排练进行得很顺利，没有占用多少上课的时间，其他老师也就无话可说。迎新晚会之后不到两个星期就是期末考试，她要监考语文。进考场之前，她在办公室里团团转，为要怎么度过这两个半小时的考试时间发愁。最后，她找了把手工剪刀藏在口袋里，打算利用监考的时间好好修一修开叉的发梢。

就是因为这样。今年寒假前的期末考试她是怎么挨过去的，我一点儿也不知道，在此之前我辞职去了杭州。

"我要睡一觉。"和我一屋的音乐老师决定在周日吃午饭之

让这夜晚继续

前睡个回笼觉。大概过了二十分钟，我从书桌前转过头去，看到
她把被子推到了腹部，闭着眼睛，枕着两只手仰面躺着。就在这
时，她突然坐起来看窗外，说："今天不冷，出太阳了。"我们
的窗外是一段长满青苔的山脚。

我们讨论了一会儿要不要穿羽绒服出去。在去餐厅的路上，
我给奶奶打了个电话。

她的声音是颤抖的。在她身边的时候我还没察觉，离开家以
后，我才发现，她的声音从电话里听是这样的。有时她说是因为
冷，有时也没有什么原因。

"北京冷吗？"

"不冷啊。已经不用穿羽绒服了。"

"北京有多远？"

"坐飞机两个半小时。"

"太远了，你这孩子！"

我强塞给她几句叮嘱，没听她怎么回应就挂了电话。

从宿舍到餐厅是一段上坡路，我俩散着步，音乐老师两只手
揣在兜里，沉默地昂着头走着。她有时也会在去吃饭的路上用我
听不懂的方言给家里打电话。

快要到餐厅的时候，她问我说："你后悔吗？"

"不后悔。"我知道她指的是什么。在去那个培训学校之
前，我从没想过会遇上那么多从稳定的工作岗位上辞职并离开家
乡的人。

"我有点儿后悔。这样又是一个月，也不知道回去之后是什么安排，听说要么特别忙，要么特别闲。不给你排课的话就等着你自己辞职走。"

我不太想听她说这些话，但又感到她拥有一种我没有的品质。她不像我，只会告诉自己："我不后悔，我不后悔。"

后两个星期，总部安排我们在北京的学校跟岗。每天中午出门，接近半夜才回到山庄。工作并不困难，也不算辛苦，只是路上耗费一点儿时间。在回杭州前的最后一个周日，我和音乐老师一起去了故宫和王府井。我不知道那天算不算起了沙尘暴，总之北京市区的天空和我想象中的一模一样。在东安门大街的大风里走着的时候，我也跟她说我后悔了。她好像没有听见。我又张开嘴，风直往我嘴里灌，我说不出接下来的话，便觉得自己也不是真心的。我可能只是想做个也会说后悔的人吧。

回到杭州之后的情况并没有她说得那么糟。我们的上班时间和大多数人不一样，是从下午到晚上，休息日不在周末。我去培训学校之前就对此有心理准备，反正我就自己一个人，也没什么影响。音乐老师在另一个专门做音乐培训的分校，离我很远，我有时候想到她，想象她会因为工作时间而困扰——她来杭州是为了结婚。

我凑到连着两天的假期回了趟家，爸爸已经从我们从前住的房子里搬出去，和他的女朋友住到了一起，不过也很近，就在同一个小区。爸妈离婚的时候我已经上初中了，我跟了爸爸。没多久爸爸邀请奶奶来和我们一起住。我也经常去同一个县城的妈妈那里住段时间。

我把行李放在了奶奶那里，晚上还是回奶奶那里住。爸爸因此有点儿感谢我，连我妈也说我应该去陪陪奶奶，好像我做了一个懂事的选择似的。实际上这么多年来第一次我不是只在爸爸这边或者妈妈那边，这么多年来第一次我在我理所当然应该在的地方，而不用做什么选择。

奶奶还是说我："你胆子太大了！"

"我现在很好啊，赚得比原来在学校时多多了。"

"真的？"

"真的，去外面没有找不到工作的。"

"那也好，让他们后悔去吧。"

"我心里挺自由的。再说以后再也不用早起了。"

去年期中考试的时候，我在考场抓到一个作弊的学生，她做得太明显了，我不可能不看到。我把她的卷子收了，让她留在座位上等着考试结束，可她一会儿跟我解释，一会儿又自言自语。我说："别啰唆了，等着挨学校处分吧。"考试结束之后，她离家出走了两天，回来后又说生病了，一直在家里待着。因为我说了那句话，家长隔三岔五来追究学校和我的责任。我厌烦了，索性辞职了。临走前我告诉学校，他们可以说是他们把我劝退的，也是个交代。决定辞职的时候，我既不担心，也不委屈，我的心里很平静。我不知道那女孩到底怎么了，去过她家的人也说不清楚。我觉得那女孩躺在家确实是跟我有关系的，我愿意为此负责，方式就是辞职。但在心底，我又知道自己是个很不负责任的人，因为辞职在当时来说是最容易的选择。学校劝我去她家，我一直没去，我没法去到别人家里面却说些不情不愿的话。爸爸随我的决定，顶着没有劝女儿保住铁饭碗的"舆论"压力。那个时候我发现，原来我跟他真的很像，我们都很怕麻烦。去了杭州之后，我就不太想起这事儿了。我从来没有跟奶奶说过辞职的真正原因，我只是说，我在杭州找到了更好的工作，我不想在这种小地方继续待着了。

"可你把奶奶一个人丢在这里咯！"

我没有作声。她抱怨的时候我总是不作声，因为她的抱怨都是没有意义的，比如她抱怨老。

"青梅还要放段时间才能吃。"

"什么青梅？"

"我在公园里采的青梅啊！电话里跟你说过的。我做了冰糖青梅。"

"公园里的青梅能采吗？"

"当然可以。河边的小公园，有个阿婆拿棍子一打，我们就从地上捡。好多好多呢！"

"不会被人说吧？"

"谁会说？没人采，烂在树上了才可惜。"

"你要注意安全，别老往外跑。"

让这夜晚继续

"我只有每天早上出去走走，也不敢多走。"

我刚回到家的时候天还没黑透，我们听着电视机的声音说着话，一直到很晚也没有开灯。我学着音乐老师的动作在奶奶的床上躺着，感觉到自己的身体在暮色中舒展开，到后来渐渐没入黑暗。通往阳台的门开着，从窗口吹进来的微风从我身上拂过。那是醉人的春风。

奶奶在我身边躺着，每过一段时间，她都要变换一下睡姿来缓解腰部和腿部的旧伤带来的疼痛。

我的旧同事问我："杭州的春天一定很美吧？"我说："应该吧。"这个同事看起来一直为我的离开而打抱不平，只不过她总是把她的义愤不断地告诉我而不是其他人。我渐渐发现没课的时候不坐班也没人管。没课的时候，我就回到租的单身公寓里。从培训学校到我住的地方隔着两站路，从地铁站出来，沿路是垂柳夹着开着花的海棠，因为是新种的行道树，还没长成郁郁葱葱的样子。我还没有精力去看看真正的杭州春色如何，我需要再缓一缓，每天只是工作，然后回家休息，在按部就班中获取着来源于单调生活的安全感，感受不到还有什么别的需求。我正式开始工作的这一个月里，有个同事辞职了。他走得悄无声息，没有人告诉我他去了哪里，我也不想问，事实上我和我的同事们也并不是经常能见到彼此。一想到这些人、这份工作、这个城市跟我之间都没有什么很深的牵绊，我就感到轻松，它护卫着我的安全感，也加固着我心中的木然。

　　总算在城市里积聚的暖烘烘的气流还没有冲撞成为热浪之前，妈妈来看我了。我们一起去了西湖，第二天又去了灵隐。我待她要比以前耐心、细心得多，好像终于想起来除了索要，我也可以给予的。她感受到了，说"距离产生美"，说虽然别人都质疑她没能把我留在身边，留在事业单位，她也要向那些人哀叹几声，但是她心里感觉到我们俩的关系正在变好。

　　她还告诉我，奶奶有两天旧伤痛得不行，躺在床上起不来。爸爸和姑姑轮流去照顾她。我妈有一天碰巧在附近，也去帮了把手，大概是我姑姑告诉了她，姑姑一向很会借力。虽然爸妈都不太提起对方，但我发现他们的关系这两年渐渐缓和了，妈妈还去看望过奶奶，在爸爸搬离那个房子之后。

　　"看起来最后还是要考虑去敬老院。"

　　"不可能的。"我了解奶奶，她曾说过绝不去的。

　　"奶奶现在也松口了，大概这次她自己也发现一个人住是不行的了。"

　　这是最保险的办法，我是希望她能去的，但从没想过她竟真的答应了。

　　妈妈回去没多久，爸爸告诉我，奶奶住进了敬老院，让我多给她打打电话。姑姑又补充告诉我，奶奶能马上住进去是因为她早就为奶奶报名排着队了。清明节之后有个老人过世，就轮到奶奶住进去了。

　　我真怕给她打电话啊，但又比以前更勤快地打过去，只是重复问她相同的问题，比如她一天的作息，听她无精打采地说着相同的答案。有次她突然抬高声音说起这边的护理阿姨都很好，带着讨好的笑声。

才到五月份，暑气就开始升腾了起来，女同事们早早地穿起了夏装。我想到奶奶夏天在家每天至少要洗两次澡，她是最怕热、最怕出汗的。

你要问我的话，我觉得这个世界上最开心、内心最平静的应该是泸沽湖边走婚的摩梭人，和自己的兄弟姐妹在一起，养着自己的母亲。

我不断地打电话给她，又不断地寄东西给她。她不主动和我提起什么，有时候会突然挂掉电话，我也不再打过去。我一边收起耳机线，一边在心里承认我对她说的全是些没用的。没到一个月，爸爸告诉我，奶奶开始向他提出要离开敬老院了。

爸爸说，有一天奶奶打电话联系了以前经常光顾的三轮车夫来敬老院，在他的帮助下装了一车的物什，她坐上车要走，被人拦在了敬老院门口，于是她大闹了一场。

"敬老院的人把我叫去，我告诉她不能回家，出去就进不来了。一直到骑三轮车的说要去做别的生意了，她才骂骂咧咧地回到房间去。奶奶真的太作了。"

我知道，这才是她。爸爸声音里充满无可奈何，因为他知道，这就是她。

我去敬老院看她，她果然早早换上了凉席，穿着短袖坐在床上摇扇子。她的扇子是塑料的广告扇，在路上碰到有人发这样的扇子，我都会去拿一把给她。和她住一间的阿婆还戴着毛线帽，披着厚外套，露出里面的保暖内衣。

"这个老人，快要一百岁了，什么都听不见。"

"说轻点儿。"

"真的，不信我叫她一声。"

奶奶招呼了她一声，那个阿婆萎缩的嘴嚅动了一会儿，什么都没有说。

"真是要气闷死了。热起来要怎么办？是我自己不好，我弄错了，我以为可以住下去的。"

下午四点多，护理来送饭。快要一百岁的阿婆慢悠悠地给自己套上一件塑料罩衣，打开饭盒。

"她吃倒是吃得下的。四点钟就吃饭，六点钟就睡觉。"

奶奶没有吃那盒饭。过了一会儿，护理来收饭盒。

"又浪费了。晚上又要吃零食了。"她说着瞟了一眼我带来的那袋零食，我感觉到被批评了，挺不好意思。

"你既然一个人去了外面，就管好你自己吧。"奶奶扇着扇子对我说。

我一直等到天黑才离开。出了敬老院，走在僻静的街上，听见身后传来一阵铃铛声。我躲到一边，转头一看，是个蹒跚学步的小孩子。"我还以为是条狗呢！"我拍拍胸口，像吓了一跳，脱口而出。年轻的妈妈面露不悦，抱起孩子走掉了。

让这夜晚继续

我在任性地发泄着愤怒，是对年轻的生命的愤怒。我说出这句话，成为一个粗鲁的人，特别是为了表达对我自己的愤怒。难道不是我想要从奶奶和爸爸的身边逃开，从暮气沉沉的家里逃走吗？

那天晚上，我去了妈妈家。第二天我回了杭州。中午出门去上班的时候，我瞥见我们培训学校的广告，在一个公交站台的背后，是新投放的。我看着那鲜绿的背景上血红的一百分，突然想起了大学去英语培训学校学英语的时候老师说的话，她说自己并不是一个老师，只是一个培训师。在这以后，每次路过这个地方，我总要想到这句话。我现在也不是一个老师，而是一个培训师。从一开始我就知道这一点的，但我开始对此不满了。麻木的平静被打破了。我把简历找出来，更新了信息，着手找新的工作，给一些学校投了简历。那个关心我的前同事很惊讶于我的决定，她认为我跳出学校这个坑就不应该再跳进来了。

"那你当初不如不要辞职。那个女生早就回来上学了。"

我没对她解释，也不打算再回她发来的消息，因为那段日子已经过去了。我当时别无选择，现在看来依然是如此。但我的确后悔了，我后悔的是我没有去看那个女孩，我想我当时就应该知道怎样做才是对的并去做对的事。

只有一个刚建立没几年的纯私立学校给了我面试的通知。正值期末，没试课我就被录用了，实习期是开学后的三个月。面试我的人是学校的校长。我查过资料，她以前是公办学校的名师。

"你怎么会中途从学校辞职的？"最后她问我。

我把关于那个离家出走的女孩的事情原原本本地告诉了她，这是我来面试之前就决定了的，如果有人问起的话。

"嗯……"她又用一分钟左右的时间翻阅了一遍我简历中的材料。

"相信你从这件事情中得到了很宝贵的经验教训……"

没等她说完，我又把我的后悔也告诉了她。

她没有对我的倾诉做出什么回应，只是看着我，确定我说完了之后，她对我说："来上班之后不用再对别人提起了。"

我跟培训学校辞了职，说好再上一个月的暑假班，这样我也好能够赔付去北京学习的费用。那一个月快要结束之前，爸爸说奶奶已经从敬老院出来了。

"你姑姑把她送去家里洗澡，她说不回敬老院了。你姑姑一走了之，她倒是会做好人。"

姑姑又跟我补充道："那我怎么办？我难道把她抬回去？她这么重！"

但从那以后，爸爸不再为奶奶的事而唉声叹气，他们跟我一样，都轻松了，至少目前是这样的。

暑假班实在火爆，我继续在住处和培训学校两点一线间奔波着。只要一想到在这之后能回家度过剩余的暑假，一想到窗口那些枝繁叶茂的大树，就算身处大热天，我的心也是清凉的。

让这夜晚继续

没想到我回到家，走到自己家楼下，看见树都光秃秃的。

"说是怕台风来的时候吹断，统一把枝枝杆杆剪掉了，可惜这么好的树，本来家里多凉快。"

奶奶穿着背心，坐在自己房间里吹着空调，手里还是拿着扇子一直扇着。

"他们把我好多东西都扔掉了，主要是你姑妈。算了，我也不跟他们计较。我跟他们说了，以后要有什么事，我也不找他们。不过她忘了看冰箱，嘿嘿，我给你看哦。"奶奶皱起脸笑了起来，摇着扇子，拉着我走进了厨房。

"哇，这里太热了！"

她打开冰箱，拿出一个玻璃瓶，急急忙忙递到我手里，便回自己的房间去了。

是一瓶冰糖青梅。

"好吃吗？"她从房间里喊过来。

"还没吃呢。"

"你快拿个调羹，调羹太大的话就拿双筷子，快点儿到房间里来吃啊！热死啦！"

我打开瓶盖，看见糖水上漂着一朵白色的小绒花，就拿勺子舀着它，倒进水槽里，从瓶底挖了一颗青梅出来放进嘴里。不出所料，甜得过分，这就是她。我吐出果核，把青梅肉吞下了肚，拧上瓶盖，把瓶子放回去。我看见冰箱里面还有两瓶一模一样的，恐怕都要扔掉的。

我回到房间里。她问我："好吃吗？"

我点点头。

"吃到你去上班应该差不多。不给他们吃了，把我的东西都扔掉了，"她手里的扇子扇得更用力了，"那个扫把，那个垃圾桶，还有抹布，都是我重新买回来的。"

"还缺什么，我去买。"

她一样一样地说，我一样一样地记。我说："也是该换新的了。"想到要去挑选这些东西，小凳啦，水壶啦，各种篮子啦，我还挺起劲。我问她要不要晚上一起去超市，据我所知，她回来之后还没怎么出去过。她想了想，还是说不用了。

在超市里，我遇到了那个女孩。她在我旁边的电梯上，似乎没看见我，我却无法忽略她。她和我相向而行，由远及近，我盯着她的脸，努力想看出她的现状。将要擦身而过时，我移开了目光，却感觉到她转过身来。

像被她牵动似的，我也转过身。她看起来吃了一惊，转而又笑着对我挥了挥手。

我慌慌张张地腾出提着东西的手来，想向她挥手，她却又转了回去。

她的背影与电梯上所有人的背影一样平淡无奇，我由此得到了解放。我想起来，学生就是这样的。

如果我还在原来那所学校里，想必早已看到她回到学校，又看到她变得和以前一样，仿佛那些事从来没有发生过。我也将知道音乐老师是怎样度过一次又一次监考的，我也许还会和为我打抱不平的同事成为朋友，但也很可能会跟她闹僵。我愿意一辈子都留在这里，哪儿也不去，这样一切都会继续。但我离开了，我不后悔，我说真的。

江的北边

    立丰送完货回到厂里时，意外地发现天色暗了，他想到这将是一年中最长的夜，又想起几天前家里的祭祀。他熄了火，继续坐在驾驶室里，好像这里面的时间是静止的。

    他看看他还抓着方向盘的手。前不久在食堂里，车间的小陈对他说："你的手不像是工人的手。"他看了她一眼，不知道要回什么。

    他听说了，她正恋着他。那是她唯一一次鼓起勇气靠近他并跟他说话。他正在吃饭，左手搭在搪瓷饭缸上。就像是在梦游，她张开嘴，听到自己说出那句话。

    立丰稍稍握紧方向盘，让指节和血管凸起。这是一双工人的手，一双开厂车的驾驶员的手，但如今这些已没有什么滋味。他想到该数一数有多久没评上先进了，于是松开方向盘，右手掰起左手的手指。两年零七个月，不说一年一度的先进工作者，就连每月一次的先进都没有评到过，轮都应该轮到他几次了。何况他在这三十一个月里都规规矩矩的，准时上班，准时发车，准时返回，再没出过一次事故，连一点儿刮擦都没有。

让这夜晚继续

他又按照他应得的先进次数算出他失去的奖金。虽少得可怜，他却挺在乎。他推开车门蹿了下去。夜又加深了一层，他恨恨地决定，早晚要离开这个厂，那个小陈说得对，这干吗就非得是一双工人的手。

等立丰下一次想到小陈时，发现她已经辞了职，跟着亲戚去了广州。在那里，新的人和事接连不断地冒出来，她很快就忘记了立丰。到立丰正式离开这个厂，却是五年后的事了。因为想着迟早会走，立丰没有再为难自己好好表现。只是车还是照样开得小心翼翼，连跟在别人后面按喇叭都没有过一次。那些传说他暴戾的人也无法否认这一点，并感到这一点动摇了他们对他的评价。

刚开始那阵，立丰只在发车的时候去厂里，不出货的日子，他索性不去上班。直到有一天，他爸从做不完的木匠活儿和对另一个儿子长久的哀悼里抬起头来，发现剩下的这个儿子不太像样。

立丰他爸押着立丰一起去上班。早晨挺冷，立丰他爸把手对插在袖管里。这个冬天，他的孙子从他那里学会了这样取暖，挺好玩，又提醒着他衰老和死亡。要到哪一天，他才能从身上拂去死的影子呢？

立丰他爸一个劲地往前走，头也不回，他知道他的小儿子正跟着他。立丰不敢不跟着他，就像以前他和他哥跟在父亲后面，父亲带着他们从淹水的老家出来。父亲坐在船头，他们坐在船尾，他常常看着前面，前面常常是迷蒙的一片。到了江南上了岸，父亲又在前头带着他们奔啊走啊。父亲就从来不回头，生机就在前头；前头没有，就在更前头。

他早已有了自己的路，在家和厂之间，他熟悉小路上每块青石板的凹陷，知道大路边每棵覆满尘土的杨柳在晨光和暮光下会分别投下什么样的阴影。他不再向前寻找什么，而是被牵住似的走过去，收拢自己身上的绳索。一想起他那些又回到地里去劳作的朋友，他就把绳索拽得更紧些。

立丰他爸一路向前，走进厂门，走到驾驶组办公室门口，停下来，没有回头，手还是对插在袖管里。身后一点儿声音都没有了。要是立丰也知道奔啊走啊，结果会是这样？他该明白了吧，他该走了吧？走到哪儿去都行，就继续奔，继续走，走到没有厄运的地方去。

没多久，立丰他爸听见他小儿子的脚步声近了，来到他身边，又经过他，打开办公室的门。办公室门口放着一张桌子，桌子上有两个热水瓶，桌子后边的长椅上挤着几个驾驶员，捧着他们的茶杯。

立丰他爸不喜欢看驾驶员们聚在一起，他扭头朝自己的木工仓库走去。打开门，阳光射进仓库，正好照到他的条凳上。他没有开灯，径直走过去，坐到那束光里，把脚重新放进昨天在刨花间留下的两个脚印里，从条凳的另一头拿起棍子和砂纸，继续给棍子抛光。他可以把手头那点儿木工做得细致点儿，再细致点儿，弄得那点儿木工活可以永远做下去——至少做到他退休。但要是驾驶员全捧着他们的茶杯聚在办公室里，他就不由得担心起来。

让这夜晚继续

刚开始闲下来的时候，驾驶员们聚在一起聊天，不免要聊到女人，他们认识的女人都是那几个，不免互相生起气来。剩下的消遣就只有打牌了。立丰很早就会打牌，从打出第一张牌开始，他就知道要记牌、算牌。那些排列组合出现在他手里之前都在他脑子里出现过了。他觉得要是他爱读书，说不定能成为一个数学家。只要他愿意，赢的次数总比输的多。可惜就在厂里的牌局没落之后不久，他便发现比起精打细算，放手让刺激从天而降才能带来真正的乐趣。

厂里的牌局没有让他得到真正的乐趣，还因为他是驾驶员里最晚进厂的一个，钱赢得不多，倒挺有压力。他们输了牌，骂骂咧咧的，又在他脚边啐一口痰。另外，立丰觉得自从出了那次事故，谁都不怕给他脸色看。出事之后厂长和组长都说过，让他不要有太大的心理压力，他们不会把事情往外传。也许在他们看来，告诉这些人不算是往外传吧。不过，最后大家都会知道的。

过年之前，牌局被厂里发现，组长被记了一过，此后办公室里虽还是乌烟瘴气，但不再有那种紧张的气氛。驾驶员们继续捧起茶杯，碎碎念着厂里的各种不是，好在没过多久，各人又有了各人的忙处。

脱掉冬衣之后，立丰发现哥哥的儿子以鸣长大了不少，身体不再柔软得脆弱不堪，好像知道了怎么理智地调遣身体的各个部位。更重要的是，和以鸣说话变得有趣起来。以鸣问，挣外快是干吗的？立丰问为什么问这个问题。以鸣说，有个同学说他爸爸的工作是挣外快。立丰想起来，以鸣已经开始上幼儿园了。他觉得带着以鸣出车会挺有意思，至少比现在有意思。他猜想对于以鸣来说，到外面去看看比在幼儿园有意思。

他们在春光乍泄的国道上行驶，以鸣努力坐正，不让自己在庞大的副驾驶座上歪斜下去。立丰也努力坐正，想要显出一个真正的大人的样子。长大之后，以鸣把这一段经历忘得一干二净，任凭叔叔怎样描绘，他都无法在记忆中找到那些最初通往外面的世界的轨迹。那些他曾经过却没有印象，也再没有机会涉足的连接旧日国道的小路，它们怎样地存在着呢？在想到过早故去的父亲时，他会有同样的疑问。

带着侄子出车的同时，立丰也开始在回程的路上拉人。国道边一些镇子口，总有外出卖货的人在傍晚时分谨慎地并排站着。等车停下来，他们就把手里的竹竿和空了的编织袋往车斗上一扔，手脚并用地爬上去。下了车，他们走到前面，把票子和硬币数给他，无须讲价。

这样的生意，立丰渐渐做得也多了，但每次看着他的乘客们熟门熟路的样子，他还是有点儿惊讶，他知道其他开厂车的早就这么干了，那个时候他在干吗呢？

想来想去，他觉得那是因为他爸总是不许他干这个，不许他干那个，因为这样做或者那样做会被人看不起。可他还不是那样干了？脏会让人看不起，动粗会让人看不起，不好好上班会让人看不起。他提醒自己，记住这种感觉，免得下次再落在别人后面——他并不觉得会被谁看不起，他在心里就从来没有过和他爸同样的担心。他和他爸不一样，他生在这里，从来不需要改变自己的口音。

他想起来，这就是"赚外快"，但想想，又觉得解释不清楚，就没跟以鸣说。

镇上不少人都知道，那年立丰曾被一个"傻子"盯上，因为发生在万物抬头的春天，又有很多人说那其实是一个"傻子"发了疯。总之，那个人——"不说话，像个魂灵"——等立丰上班，等立丰下班。厂里保安三心二意的时候，那个人就在立丰停着的卡车的后车厢睡一个白天。但他跟着立丰的时候，最近也会跟他保持两米的距离，立丰知道，他是留着他们中间再走一个以鸣的距离。

春天快结束的时候，那个人不再出现，人们传言他被立丰打了一顿，狠狠打了一顿。传的人言之凿凿，但要问谁看见过，谁又都没看见。

"打成什么样？"

"那就不知道了。"

"谁知道呢？"

说完这些"不知道"和"谁知道"后，大家不约而同地沉默了，默契地暗示出这件事里让人不寒而栗的残暴气息。

立丰第一次载那个人是在一趟短途的回程中。白天明显变长了，吃过早午饭后，立丰带着以鸣出发，卸了货再回来，路上还是明亮的。以鸣在副驾驶座上嚼着奶糖，混着淅沥的口水声唱儿歌。立丰虽知道调子，但都是新词，是押韵的、没道理的大俗话。郊野上吹来消解斗志的春风，立丰出神地想，是什么人写的这些词，小孩儿们又是怎么都学会的呢？小蠢蛋们在幼儿园里学蠢蛋歌。想着想着，他傻笑起来，然后意识到以鸣那边的窗外有个人招了招手，影子一闪而过。他把车靠边停下，等了一会儿，那个人跑过来，爬上了车斗。

下了国道，在一片废弃的草场边的小路上，立丰停下了车。再往前开就到厂里了。车上的人像猫一样无声无息地跳下来，绕到前面来。

立丰发现自己以前见过他。他常常站在路边，但总是站在离其他人远一点儿的地方。立丰记得他昂着头，不只是在看车，他是在看驾驶室里的人。有一次，他们对上了眼睛，他看起来像是在找什么。他没有竹竿和编织袋。

那个人没有走到立丰那边，而是站到以鸣那边。

那个人不属于那群利落匆忙的小贩，身上也没有体力劳动的痕迹。"非我族类"，立丰摆出一副冷漠的表情。

但立丰很快发现，那个人不是他想象中那种高他一等的人。先是那个人的手。之前那些递过钱来的手通常是黑瘦的，有时是枯槁的。那个人的手不一样，又白又胖，但指甲乱七八糟，有的很长，有的断了一截，露出渗血的甲床。这样的两只手捧着从口袋里掏出的一大堆硬币，伸给以鸣。

然后是那个人脸上，迷茫、羞怯、有求于人的表情。

按立丰说的，以鸣从里面挑出几个硬币。

"好了。"以鸣对那个人说。那人小心翼翼地把那堆硬币放回口袋里，又抬起头来看他们，咧嘴笑了。

"傻子"才这么笑，立丰想。那个人的手空下来，有些不知所措，互相揉了两下之后，伸向了以鸣。以鸣伸手和他握了一下。

"喂！"立丰吼了一声，那个人立刻缩回手，带着一口袋的硬币，丁零当啷地跑了。

走回家的路上，立丰觉得有必要教育一下以鸣。

"你不能随便碰不认识的人。"

"他把手伸过来了。"以鸣学着那个人的样子，伸出一只手来，又迫不及待地伸出自己的另一只手去抓住它。抓了一会儿，像冬天时那样，他的两只手分别伸向袖管那温暖的所在。

"别这样，像个老家伙。"

"像爷爷。"

"爷爷就是老家伙。"

以鸣为爷爷瞟了立丰一眼，手还是伸在袖管里不拿出来。这小子犟着呢，就像他爸，也像立丰他爸。

没隔几天，立丰又载上那个人。下了车，他还是走到以鸣那边，付了钱，他又把手伸给以鸣。这次以鸣只是拍了一下他的手。

立丰发现，那个人是在找以鸣，刚才前面也有车慢慢地走着，想要招揽生意，但那个人不上去，是看到以鸣之后，才兴奋地向他招手的。虽然没必要怕他，但下一次出车，立丰没有告诉以鸣跟他一起去。果然，回程的路上，又看见那个人站在路边。看到他的车，那个人的手抬了起来，但迟疑地悬在了空中。背对一片橘色的晚霞，他布着阴影的脸上浮现出疑惑不解的神情。他过早地穿上了单薄的衬衫，一边的领子没有翻出来，另一边的领子在风里扑腾。立丰飞快地经过他身边，在关着窗的驾驶室里，觉得冷似的缩了缩脖子。

立丰没想到第二天进了厂会看到那个人。那个人就在驾驶员办公室门口的台阶上坐着，见了他，站起来，望望他身后。立丰没理他，径直走进去。午休的时候，立丰从办公室里踱出来，门口台阶上没有人，但等他抬起头，看见那个人在厂门外隔着铁栏杆看着他。

立丰扬一扬手里的饭缸，那人退后了两步，走开了。

此后，那个人经常出现在厂的附近。

"老子总有一天会打死他。"很多人都听过立丰这么说。

同是驾驶员的五川跟立丰说："看来你不光是招惹小姑娘啊！"

五川在姑娘的事情上嫉妒立丰，但立丰没想到他会说出这种不三不四的话来。这群驾驶员里，立丰个子最高，虽然瘦，但是捏起的拳头比谁的都大，皮肤紧绷在突出的骨节上，像包浆的核桃那样发光。但他只在没有人的时候才握起他的拳头，想象它的力量，那让他自己先害怕起来。

"你得把他送回去。"

"送回哪儿去？"

"我听人说，他是那个镇上的。"

"没用，他走都走得过来。"

"不，不是那个镇，是送回你出事的那个镇，"五川歪着脑袋看着立丰，颇有意味地说，"送回去，再烧烧香。"

小贩们说，那个人就是他上车的那个镇子上的，从小就有点儿傻，就是读书行，分配了个挺好的工作，但一工作，又只剩下傻了。小贩们还说，他怕大人，只敢跟小孩玩。他坐车干什么呢？不知道，坐车玩吧。他在镇上有个姐姐，姐夫怕她接济他，就说最多把买菜剩下的硬币扔给他，于是姐姐每次在他们那边买东西，都会多换几个硬币。小贩们说，要是能读一辈子书的话，也许他就不会变成这样，可读书不就是为了找工作吗？

五川竟然跟自己说这样的鬼话，立丰觉得实在太可笑，又无聊到让他笑不出来，也懒得去拆穿他。

那个人不再出现之后，五川曾得意地想，立丰大概是真信了他的话，把人送到那个镇上去了。但他没跟人分享过他的猜测，可能是因为比起那些耸人听闻的传说，那不够带劲。后来他也渐渐信了那些传说，因为不知道什么时候开始，他发现自己怕起立丰来了。

在那之前很长一段时间里，立丰不再带以鸣出车。家里人说现在拐子多，正反对立丰带以鸣到处跑。以鸣好像对和其他小朋友一样每天正常去上幼儿园也挺满意的。但一天晚上，立丰还是把以鸣从睡梦中唤醒，因为他们要去江的北边。

以鸣从来没有听过那座城市的名字。

"那是哪儿？"

"老家。"

"谁的老家？"

"我们的老家。"

立丰已经很久没有跑那么远的地方了，上次去那个城市还是刚工作的时候，和这次一样，送的是雪花膏和头油。他爸曾经告诉他，只要这世上的女人和男人都还爱美，他们就不怕没饭吃。立丰他爸说完这话，蓦地眼前一亮，感到十足的愉快。他想到，放在吃不饱饭的时候，他是绝想不到有一天自己家的人，特别是他自己，也能爱起美来的。

出发之前，立丰照着出货单数了数后车厢的箱数。箱子两两摞起来，没把车厢装满。立丰知道这世上的女人和男人都越来越爱美，但移情别恋也越来越容易。

废弃草场边的那条村路上没有路灯，立丰开得很谨慎，看起来像是没有人的深夜，但怕万一蹿出什么来。以鸣又仰着头睡过去了。立丰把握着方向盘，感到一种静谧的温情，他觉得自己一直在找这种感觉，在无聊又让人不耐烦的日子里。现在他和以鸣好像正在一条平静的细缝里。

立丰他哥病重但还能清楚地说话时，曾对他说，如果能回老家看看就好了。

"谁的老家？"

"我们的老家。"

立丰点点头，在他的病床前静静地想了一会儿。他觉得哥哥一定和他一样，也在幻想。在立丰的想象中，哥哥还是生着病，但很安详，就像以鸣现在这样，坐在他的车上，他会开车经过大桥，会把握好方向盘；以鸣呢，就只管朝外面看，坐车经过大桥。谁都会想朝外面看，把头抬高一点儿，就可以忘了地上的事。

"我们的老家"，人在那样的时候需要一个老家。

很可惜，后来立丰的儿子出生时，他已经失去了感受这种静谧的能力，那时他的生意正有起色，他对儿子睡觉时是什么样子并不熟悉。

他希望他哥也在想象中获得了平静。那个时候，因为想要平息无法平息的病痛，挽留不可挽留的生命，他们都很慌乱。很多年后，父亲死的时候，又是痛苦和喧闹的重来，等到一切结束，立丰才想起来那些他本该有的经验。母亲走的时候，他总算可以说自己要好好送别了。

终于开上了国道。没多久，碰到一条没见过世面的狗，傻愣愣地从路边走到路中央，也不知道要逃开，立丰只好放慢车速到几乎停下来，最后只能按响喇叭。

那条狗迟疑了一会儿，往旁边跑去。那是一只步履不稳的草狗，在大灯的照射下显得浑身雪白，立丰感觉它刚才好像也透过挡风玻璃看着自己，就像那个人。

"你继续睡吧。"

半梦半醒的以鸣含混地答应着。

"待会儿过大桥的时候我叫你。"

"什么时候？"

"天快亮的时候。"

以鸣想着"现在是什么时候"就又睡着了，再一次睁开眼是因为外面下雨了。雨滴没有多大的声音，是下雨的气味从窗缝里钻进来，让他醒了过来。

下雨天，最麻烦的就是要遮油布，立丰还从没在天这么黑的时候一个人绑过油布。就是为了赶得及六点前过大桥，他选择了晚上出车；过了六点，卡车就只能走轮渡了。

又经过这段村路，拐弯多，沿路是成片的竹林，遮挡了通往农田的小路。立丰原本希望从雨云里钻过去就好，越是在这段路上，越是不敢开得快。万一，有什么东西突然蹿出来……眼看雨下大了，他虽然不愿意，但是只好就近找地方停下。

外面还是漆黑的。立丰找出雨布，要是有人帮他打个手电就好了，但他不舍得让以鸣去干，抱着夹着一堆东西就下了车。绕到车斗后面，拿手电一照，吓了一跳。一堆货前面，坐着个冒着热气的人，缩成一团，手掌伸得笔挺，遮在自己头顶上。

让这夜晚继续

　　要不是他用白胖的双手认真地搭起不管事的"小屋顶"的样子实在太傻，立丰真会觉得有点儿恐怖。

　　雨、油布、黑夜、村路和这个多出来的人，让立丰烦躁得生起气来，他一把把那个人拽下来。那个人来不及站稳，直接从车上坐到了地上。

　　"什么时候上来的？"

　　那个人只知道做出一副傻样，立丰也不指望他能说什么。

　　"赶紧滚！"这么说着，立丰却把手电筒递到那个人手里。

　　"别照我的脸。"

　　那个人立即领会了自己正在被要求干的这件事。立丰转过身去扎雨布，那束光一直忠诚地跟在他的胸前。

　　等那个人隔着以鸣坐在副驾驶座上，用他的毛巾擦干身上的雨水时，立丰问自己：怎么就让这个人坐进车里来了？

　　本应该顺便就把这个缠了他一个多月的"傻子"扔下的——把手电筒拿回来，把驾驶室门一关，绝尘而去。想起五川拿他开心时的表情，立丰想要是换成他的同事，他们会怎么办？至少不能让他坐进来吧。都怪以鸣，在那儿喊着："你们快上来，你们快上来。"

　　至少不该把自己的毛巾给他吧，可毛巾挂在档杆上，一上车，他脑子都还没动，就顺手传给了那个人。

　　立丰问以鸣："他什么时候上来的？"以鸣又问那个人："你什么时候上来的？"那个人对以鸣笑笑，以鸣又对立丰笑笑。

　　但至少，立丰知道，至少他不想现在就把他丢下，不仅因为天黑，还因为他不能让五川以为自己信了他的鬼话。因为不管是谁，他都不希望那个人在这段要命的村路上遇到一个像他一样冒失的司机。就是这种时候，下雨，路滑，哥哥又去住院了，春天嘛，到处乱哄哄的，河里的水黑了，发臭，可那些光啊那股暖啊又让人以为有希望，牵得人奔着去找希望。就是在去省城的大医院看哥哥的路上，立丰开车经过这条路。春天过了，全部是荒芜。

此后立丰开车开得小心翼翼，连跟在别人后面按喇叭都没有过一次。

过了大桥，那个人在座位上闹了一会儿，他终于明白自己这是去往越来越遥远的陌生的地方。但等立丰停下车，帮他打开车门让他走时，他又死活不下车。

立丰也不知道该怎么办，现在是要带着这个人去送货？还得吃饭，歇脚，上厕所，这长长的一路。

日出之后，一路上天气晴朗，是个好天。快要进城的时候，立丰已饥肠辘辘，就决定在城外先把饭吃了。

国道边小饭店的老板站在路边招揽客人。立丰的车明显是要停在他们店门口，但他还是怕生意跑掉，紧跟着车头，立丰真担心刮到他。

立丰下了车，"傻子"和侄子也下了车，老板颇有兴致地打量了这三个人。立丰牵着以鸣就往店里面走。

一盘烫干丝是要的，还有酱油汤面。

"几碗酱油面？"

让这夜晚继续

三双眼睛望着立丰，尤其是那个人的眼睛，立丰的肚子又叫了。

"三碗。"

呼噜呼噜酱油面落肚，立丰再去夹菜，发现干丝已不剩下几条。被一个"傻子"占便宜，立丰越想越恼，但能怎么办呢，还是得他来招呼老板结账。

他低头数钱，却听到对面"哗"的一声，一把硬币落在桌子上。丁零当啷，又一把硬币落下来，随后，又丢进来零碎几个硬币，那个人把自己的口袋掏空了。一看，多是簇新的一块钱。积少成多，姐夫看到怕是会生气的。

立丰在老板询问的眼光里思索片刻，朝那个人戳了戳下巴，把钞票收回自己的口袋。

老板朝立丰笑笑，转过身去从硬币堆里拣钱。一，二，三……十一，十二，十三……老板明显拿过了头，立丰站起来抓住他的手，看看价目表，从他手里拿回几个硬币扔回给那个人。老板抽回手，像是被抓疼了，白了立丰一眼，走掉了。

"把钱收好。"

那个人一边把钱放回到口袋里，一边拼命地点头。立丰总算感觉到他表达了些什么，可他不想要这样的亲近。要是老板刚才不对他那样笑，立丰也许不会因为觉得自己像是同谋而厌恶他这么做。

吃饱了就困，哈欠在三个人之间互相传染。饭店旁边有个可以睡半天的小旅馆，立丰要了一个床位。就让那个人在车斗里睡着，装着货的车上有人总比没人强。

"不许动，看好货。"那个人又拼命点头。

一觉醒来已是中午，去仓库肯定要排队，立丰想起今天也许真能去老家，去了做什么，立丰虽没有想法，但不妨去一下。可他把老家那个村子的名字说出来，旅馆和饭店的人谁都没有听说过。回驾驶室之前，立丰去车后面看了一眼，那个人正靠着盖着雨布的箱子，眼睛空洞洞的。

驾驶室里有地图。李广村，或者是李光村，反正是李立丰的"李"，还有一个"光"或者"广"。那个字还有什么别的读音，立丰想不出来了。沿着纵横交错的河道来回捋了一遍，他的眼睛都花了，也没有找到。

"以鸣，你知道'李'怎么写吗？你在这几个湖边找找有没有'李'。"立丰指指这个市的北边。

以鸣找了一遍，立丰又找了一遍，还是没有。很多"舍""庄"，也许叫李广舍、李光庄？他索性东西南北又看了一遍。没有。

既然没有，也就不用去了。他完成了在哥哥病床前的想象，但像是被什么驱赶着似的，只是完成了。关于那个村子的想象并不存在，就算现在已经离得很近了，还是无从去想。

父母都过世之后，有一年大年初一，以鸣来陪立丰看了会儿电视，新闻里正在播放各地过年的情景，画面切到苏北农村小院，墙上的瓷砖白得耀目，风吹得门楣两边灯笼的红穗直直地斜出去，立丰觉得那里肯定比他们这儿冷得多。画面右上角出现"黎光村"三个字，以鸣说，这应该就是爷爷的老家。

仓库门口虽只有一辆车，是一辆崭新的"八平柴"，组长成天喊着"我们也得有一辆"的那种。车上的货很多，有四个工人在那里卸货。

"还有多久？"立丰问他们。

"早着呢。"

"还有工人吗？"

"今天就我们几个。"

立丰回头看看自己的"一四〇"，这车上年头了，以前觉得那长车头挺威风，以鸣还坐在上面拍过照，今天看着怎么那么笨拙。

"那么点儿，你们两个自己卸一下吧，"一直是负责把货码上拖车的那个人回答立丰，"你要等，那也行，等着吧。"他说完，点了根烟。

"自己卸，有几箱你自己清楚。早点儿卸完走吧，后面还要进大车。"

两只脚刚从田里拔出来没几天，裤管上的泥都还没干就学坏了。立丰瞅了他一眼，这样想着。他觉得这挖苦人的话编排得不错。但其实这些话是一个厂里的其他驾驶员说过的，他们还说："我们是司机，不是装卸工。"每个人都在办公室里拍着胸脯保证自己从来没卸过货。

装卸工变得越来越难对付了，常有要司机"搭把手"的，他们说得挺热络，不知道的还以为他们在说多个人多双筷子。听路上装水泥的司机说，像他们那种不容易数清楚的货，装卸工一个不高兴，还有在数量上使坏的。

但谁遇到过直接不管了，让司机自己卸的？立丰想组长肯定没遇到过，五川也不可能，也就是他了。

一看车上，那个人正在箱子前面比画着，跃跃欲试呢。谁叫他带了个"傻子"呢？

又熬了一会儿，对方丝毫不急。立丰心想白白等着还不如自己卸了呢，回去不说就行，这不还有个"傻子"吗？

那个人在车上传，立丰在底下接。在他们快要搬完的时候，果然又进来一辆大车。立丰爬上车厢，搬起最后一箱货，一转身，滑了一跤。为了护住那箱货，几十个玻璃瓶的重量压在他的胸口，胳膊肘又生生砸在车板上，左脚也扭到了。这些都是他在几秒钟之后才感受到的，他的头磕在了挡板上，嗡嗡直响。而罪魁祸首是晚上下的那场雨在车上留下的积水。

响声小了一点儿之后，立丰把能想到的脏话都骂了一遍，好像那样可以缓解疼痛。

没人管他，装卸工们正在路沿上坐着休息；以鸣在驾驶室里看小人书——啊，这没良心的臭小子就知道看书！还有那个人，他一副不知所措的样子，东瞧西瞧了几眼，朝立丰走近几步，又

让这夜晚继续

走远几步，后来索性转过身背对着他。

前一辆车的司机不知道从哪里抱着茶杯走过来，一副闲散的样子，走到立丰车边，他停下了。

"小兄弟，这下摔得厉害了，干吗自己搬呢，散几支香烟出去就好了。"说着，他对立丰笑笑，他觉得立丰一定懂得。

签完单子，立丰赶紧坐上车，那个人想跟他一起坐到驾驶室里，立丰坚决地指了指后面。

掉了个头，经过后一辆车，司机敲敲他的窗。

"收多少钱，办多少事，你又不是搬运工。都像你这样，把他们惯坏了。下次别做'傻子'。"他朝立丰白了一眼，好像立丰什么都不懂，惹他生气了。立丰想解释什么，但他脑袋里面靠后的地方像是有个气球，被吹大了，又被放了气，再被吹大，又被放了气。

他仅仅能把握住方向盘，直直地把车开出这个仓库所在的厂区。他想到饭店的老板；又想到前阵子晚上去厂里拿东西，看见五川从卡车油箱里往外抽油，他正想走掉，五川对他笑了笑；还有一次在路上遇到组长，立丰问他"你怎么会在这儿"，组长对他白了一眼，后来他明白过来，组长在用厂里的车拉私活。

他不知道应该懂什么、懂多少，他不想做"傻子"。

立丰心里憋了一股气，下面还憋了一泡尿，幸亏没开多久就找到一个公共厕所。以鸣也跟着要去。"傻子"看见他们下了车，也从车斗上翻下来，跟他们走在一起。立丰真烦"傻子"这种跟他们是一伙的样子。

就两个坑，"傻子"识相地等在一边。

立丰方便完，走出厕所。这时他身上轻松多了，便靠在车头上晒太阳，心想要是现在有根烟抽就好了，但他不仅没有烟，还不会抽烟。他到现在还不会抽烟，想想也是因为他爸，所以他刚才才没有烟可以散，所以驾驶员们都记得他最小。

立丰对着太阳仰起头，闭上眼，让眼皮后面那一团红色的强光覆盖脑袋里那块肿胀。他听见一阵丁零当啷声正向他靠近，眼睛睁开一条缝，看见"傻子"提溜着没穿好的裤子向他走过来。他完全睁开眼，"傻子"凑近了，他俩第一次离这么近。那是张可有可无的脸，但在上面能辨别出一些幼稚得显得错乱的东西，让它不至于消失在阳光里。

他又开始往外掏钱，这次是掏给立丰。立丰一边接着，一边放进自己口袋。把口袋掏空之后，"傻子"又跑回厕所去了。

以鸣比他先出来。

"他怕他的钱掉进去。"以鸣说。

立丰继续靠在车头上闭着眼睛晒太阳。

这个时候他该走了。这"傻子"进去有一会儿了。就把他扔在这儿。嘿，真狠！

把"傻子"扔在这儿，那他可就真的要成流浪汉了。可他不是流浪汉，小贩都告诉立丰了。要是不知道就好了，就把他扔在这儿。够狠的。

让这夜晚继续

　　立丰一边想，一边就等到"傻子"拉完了屎。"傻子"走过来，身上一股厕所的味道。立丰按着装钱的口袋，一动不动，"傻子"好像忘了要把钱要回来，自己绕到后面坐了上去。

　　在渡轮上，以鸣把头探出窗外，这时他看到的风景跟从桥上过江时的完全不一样。江上不停有船经过。对面开来一条装石子的船，被压得只剩下船舷还露在水面上，以鸣一直目送它到很远，他担心它随时会沉下去。

　　立丰坐在驾驶座上把"傻子"的钱全数了一遍。这点儿钱，够把他送回去吗？不够！

　　"你怎么知道的？"

　　"啊？"以鸣从猎猎的风里把小脑袋收回来，他觉得车里有点儿闷。

　　"他怕他的钱掉进去。"

　　"他告诉我的。"

　　"他跟你说的？用嘴？"

　　"是啊！叔叔，我们到老家了吗？"

　　"我们都从那回来了。"

　　"这么快。老家不应该是很远的地方吗？"

　　立丰想到他爸历经千难万险，才从江北到了江南，而现在他开车往回走只要半天。但他始终是没有开到老家。

　　立丰的父亲也是死期将至时才又说起老家的。立丰疑惑父亲明明有那么多的机会可以回去的，他猜他并不真的想回去。父亲其实什么都不想干，因为悲伤一直在他身上。比起悲伤，立丰宁可去嫉妒、钻营和愤怒，他害怕心软的感觉，那会让他被人当成"傻子"。

后来母亲也要走了。有个早晨，立丰和来跟他换班陪床的以鸣一起去医院外面买早点。

"你们是哪里的？"以鸣问卖鸡蛋煎饼的夫妇俩。他们说的那个地方立丰知道，也在江的北边。

"我听得出来。我们也是江北的。"以鸣那时很健谈，他刚调动了工作。

那对夫妇和立丰相视一笑。立丰和以鸣一起在那里又买过几次早点之后，母亲走了。以鸣意外从立丰那里知道祖母不是本地人。以鸣说，难怪她说不清自己究竟是哪个镇上的，是这个镇，还是隔壁镇，她的哥哥住在隔壁镇。在祖母临终前卧床不起的那段时间，以鸣还问过她："你的老家在哪里？"祖母说她不记得了。立丰暗暗笑她，一直到那个时候脑子都是清楚的。

以鸣以前总讶异于祖母的语言能力，因为她会说听起来那么不一样的苏北话。后来他的疑惑得到了解释，也许解释得过多了，包括过年时或喜宴上祖母一反常态，和同样年迈的嫂子一起抽烟喝酒的样子。她们俩都铰了很短的头发，动作娴熟，神情冷峻。他觉得终于理解了祖母，像是漂在一条长长的河道上很久之后，握住了属于自己的桨。河道的起点水汽氤氲，他看不真切，而他的起点，是有一年姑父和姑姑吵架，他听到姑父骂姑姑时，那个词的意味。

立丰自己的儿子不会像以鸣那样问这些问题，也不需要那些解释，他对过去并不感兴趣，可能因为他出生得晚。立丰觉得这样好，失去、衰老、死亡，每个人等着受自己的那一份就够了。

要想甩掉悲伤，最重要的是不要想着死了的人。

但他还是会想。要是那天早晨以鸣说"我们也是江北的"时，母亲也在旁边就好了，她听到后，就会知道再也没有必要假装。

母亲走的那一天，姐姐哭得惨烈，立丰觉得她更多是在哭她自己，她的父母都走了，以后的日子要是还不好过，就无人可怪了。

暮色将至，以鸣正在睡觉，看样子睡熟了。"傻子"的车钱都在立丰口袋里——已经用完了，收多少钱，就办多少事。

在一片小树林边，立丰缓缓地踩下刹车。

"走。"他下车，走到"傻子"面前，笑笑，又指指裤子拉链。

立丰走在前面，"傻子"跟在他后面。立丰走下路沿，继续带着"傻子"朝一片小树林里走。他找了棵树，停了下来，解开自己的裤带，听着，一听到"傻子"的尿冲在落叶上的声音，他就转身往回走，上了车，关了门，开车走了。

那片小树林离家大概还有一个小时路程，开车的话；离"傻子"的家大概还有半天——如果他会开口问路的话。回程要经过那条村路，立丰打算赶紧忘掉那条村路。

第二天，立丰告诉在厂里遇到的第一个人，他把"傻子"打了一顿。

一年之后，厂里决定与其让车停着或者被有些驾驶员公车私用占便宜，不如承包给个人，好歹能创点儿收。立丰第一个报名，那时候他就知道了，这个厂，还有他的驾驶员生涯都很快会有结束的一天，不用等着。在这之前，他得做好准备。下一次开着厂车过江时装的已经不再是厂里的货，也匆忙得想不起来对岸于他有什么特别之处。

以鸣再一次坐车过长江大桥是在去培训的路上，他刚把负责的新项目完成，正是结项的时候，却被安排去外省，留出两个月的空档。那天刮着大风，吹散了天上的云，也吹干了前一天晚上的雨留下的湿润。以鸣朝窗外看，江面上，轮船在浊浪里看起来那么小，那么吃力。他又看得远了一些，看到连着天的地方。他发现自己并不是什么都不记得，那时正是日出，但太阳在雾后面，高楼也在雾后面，世界只是一幅剪影，他听到叔叔说："把头抬高一点儿。"

好 运

一千响的鞭炮在地上哆嗦、扭动、炸裂，不久响声戛然而止，留下一地红纸屑。立丰站在不远处，他的手机显示，放完这串鞭炮用了十五秒一四，此刻是年三十十七时零七分。

正是别人吃年夜饭的时候，远近没有别的爆竹声出来应和，只有立丰站在楼下，手指夹着点引线的烟。每一年，他都比前一年更早些下来，也许是因为每一年都比前一年要更晦气，等不及要去炸散它。

回到楼上，又熬过半个小时，他换上新买的羊毛衫和去年过年买的羊绒大衣出门去了。街上空无一人，路沿堆着残雪。他走着，感觉希望在胸膛里摇荡。一年到了头，到了该有点儿转机的时候了。

麻将室里，老板一家人还在围着圆台吃饭。

"这么早。"他们一脸不解，没有丝毫的客气。

他于是也板起脸，不吭一声地在靠门的空麻将桌前坐下，拿出手机发信息给华虹说："除夕平安！"

"你的幸运数字是多少？"

华虹没有像平时那样立刻回他，她应该还在吃饭。

等了半个多小时，来了三个女的。黎莲是他约来的，他俩就是在这里认识的。其他两个女的也是约着一起来的。

钱进来，又出去，立丰觉得自己是个破麻袋，一路装一路漏。没到十二点，正在他完全瘪掉的时候，同桌的女人们把面前的牌一推，站起来要走，她们要去烧头香。老板无意再帮立丰安排座位，他也只好离开。那串鞭炮竟没有起到一点儿作用，亏得他还抢在所有人之前去把它点了。但他立刻明白了，好运不在这里，新的一年还没有正式开始呢。他很懂得如何在希望中进退。

"你的幸运数字是多少？"

在黎莲走之前，他拉住她围巾的一角问她。

"干吗？怎么像小孩子写同学录？你要跟我告别啊？"黎莲把围巾翻来覆去地在脖子上绕了好几遍，她的心思全在那上头。她神采奕奕，眼角飞着闪粉，嘴唇嘟着，红得发亮。

今晚一开始他还以为他俩是打配合，谁知道她越杀越狠，她赢得最多，他输得最多。看样子她一点儿也没把这放在心上。

立丰不再追问她。也许他就是要跟她告别，过了今天，就不再联系她，和她做个了断，也和麻将室做个了断。他在这种地方浪费了太多时间。他跟华虹说，他偶尔去一次麻将室。他担心自己好赌被她知道。他好赌，以前过年就是推牌九，有过一夜进账几万元的事，更多的时候是把儿子的压岁钱都输了进去。

后来他变穷了，穷到只敢打打麻将。赌博的感觉变得和缓了，麻将室里一个接着一个的女人的存在随之变得清晰了。其中有的女人再也不来这个麻将室了。他觉得她们把事情搞复杂了，犯不着当真。

立丰尝试过以麻将为生，每天打牌过日子，维持过一个月。今天晚上，就在黎莲数着他扔过去的钱的时候，他一边砌着牌，一边想起了"久赌必输"这四个字。他想知道是谁先想出这四个字的，这不是一个规律，而是一句咒语，因为当这四个字没有预兆、不可抗拒地在他脑子里冒出来的时候，他意识到他再也翻不了本了。

巷子外，去灵古寺的路交通管制，车都停在路口。烧头香的人们一齐步行向西。天空不知什么时候飘起了雨夹雪。女人们两三个合打一把伞，亲热地挤在一起。冬天，女人们都穿上高高的皮靴和长长的羽绒服，走在湿乎乎的雪夜，一下也看不出区别。她们中有像黎莲这样的穷女人，也有像华虹这样的富女人。立丰想着那些他"了断"了的穷女人，想着想着，倒是自怜了起来。真冷啊！他搓搓手，衣服口袋里一点儿分量也没有，穷到缩紧。但一想到这一路上女人们的目光，他又抖落抖落身子，挺起胸膛来，像是别无选择般，顺着人流往西走。

灵谷寺门口斜靠着一块刚从箱子上扯下的硬纸板，上书"票价三十元"几个歪斜的大字。立丰看见他的赌友五川正缩在军绿色棉大衣里，勉强伸出一只手举着电筒给收票的女人打光。

"抢钱呢？"立丰把他拉到一边。

"又不是我的。收票的那个你看见没？我们老板娘，今天通宵来值班。你看看你，穿得像个老板，还计较这么一点点儿钱。"

"上次玩二十一点，你欠我的钱，我跟你计较了吗？"

"什么时候的事……"五川一脸不耐烦，悄悄把立丰送了进去。

进了山门，刚才还挤在一起的善男信女们四散开。立丰径直往大殿走，顺手从经过的香炉里拔了三根香。他走上台阶，在大殿门口停了下来。人们擦着他的肩膀，跨过门槛，挤进大殿。菩萨面前的跪凳总是空不出位置来。他后退一步，朝里面拜了三拜，转身走下去把香插回了原来的位置。这时，新年的钟声敲响了，人群中发出几声赞叹。立丰想到五川，他每天都在寺里，但运气比他还要差，混得比他还要落魄。立丰猜想那是因为五川人虽然在寺里，但是没有诚心。他觉得这和他既没有买门票，也没有付香钱是不一样的。他的鞋底潮了，身上落着雨雪，他没有躲，也不去拂落它们。冰冷的水珠渗进他的羊绒大衣，他想他已经付出了自己的诚心。

大年初一天乍晴，立丰醒过来，只感觉到太阳，也只想得到太阳，他脑子里冒出一句："老天照应。"他发现这话是他妈以前看到好天气时常说的。躺了一会儿，他下床拉开窗帘，沐浴在阳光里，刚要继续赞叹这新一年开始的好天气，又看见了对面黄泥沙色的六层楼。他也住在这样的楼里。它们总是提醒着他，他是这个县城里最穷的人了，不用算得那么精确，总之他是最穷的那类人了。

县城仍在不断地向南扩张，通往高铁站的蓝塘路东边通过拆迁，征用了几百亩地，硬生生造出一个新的古镇；靠西边的店铺没动，生意越来越好。以勤每次从妈妈家去爸爸家，都必须要经过以勤饭店。偶尔会有认识的人问他："那个饭店跟你有没有什么关系？"他都摇摇头。

二十年前立丰开了这个饭店，引领风潮地打出野味的特色招牌，只用小半年就回了本。又过了两年，他和巧巧都嫌太苦，把生意正好的店盘给了别人，自己另外开了个茶楼，却没撑过一年。

盘下饭店的人一直经营到现在，店名也没有换，陆陆续续把左右两边几个铺面全租了下来。

从爸爸开饭店开始，到开茶楼垮掉为止，以勤都只喝饮料，从来不喝白开水。之后爸爸又做了大大小小几种生意，丝毫没有翻身的迹象。他印象中爸爸最后一次做生意是卖保健品。那是他读高中的时候，学校的位置有点儿远，他想要买辆电动车，骑车上学，爸爸没给他买。他在刮着大风的国道旁边踩着链条生涩的破自行车，想了想十年前那一口蛀牙，安慰自己说爸爸也不是没有疼过他。

对于爸爸兜兜转转最终成为一个穷光蛋这件事情，以勤已经不怪他了。只是偶尔在以勤饭店等位的时候，他忍不住觉得好笑。其中一个原因是用他的名字来给饭店命名一点儿也不合适。

另外，他想不出家里有谁会把"勤"这个字放在他的名字里。

父母离婚之后，以勤总是陪巧巧过完大年三十，再去陪立丰过大年初一。巧巧喊以勤把家里的水果干货带点儿给立丰，都是她男朋友单位发的。

以勤打开家门，立丰又在床上躺着了。

"以勤啊——"

立丰用一种过于亲热的口气叫他。以勤知道越亲热就代表爸爸越羞愧，为了让爸爸不那么羞愧，他利索地把礼盒放在门口，走到阳台上去玩手机了。

"以勤啊，你的幸运数字是多少？"

以勤随口报了个数字。他虽然觉得奇怪，但是也不想问个究竟。爸爸一说莫名其妙的话，就代表要干一些莫名其妙的事情了。像是有一次，爸爸跟他谈起了法家的管理学，还有老庄的修炼之道，接着就去卖保健品了。幸亏爸爸是个不太能吃亏的人，没陷得太深就出来了。

以勤觉得这些事情自己还是不知道为好，免得烦恼。爸爸爱折腾，又缺乏好运。但以勤从不担心他会彻底沦落。这种安全感不好解释，他可以举例来说明。比如说爸爸比同龄男性要爱打扮，他的穿戴比妈妈现在的公务员男朋友要好得多。

立丰又说起别的事情来。

"爸爸最近碰到了一个阿姨。"

和爸爸交往的阿姨，以勤见过两个，但在见之前都没听爸爸说起过她们。渐渐地，以勤总结出来，那些他见过的阿姨都是穷阿姨，而那些只听过却没见到过的阿姨都是有钱阿姨。

"她自己做生意。"

关于这个阿姨是怎么回事，以勤并不想知道。

"这次这个阿姨挺诚心的。如果成了，爸爸以后就不要紧了。"

上一次提到有钱的阿姨时，爸爸也是这么说的。爸爸会跟他说这样的话，他也已经习惯了，他觉得爸爸急切地想要跟他分享希望。

"爸爸对自己还有点儿信心。这一年总会有点儿变化了。麻将也不打了，没意思。"

"那就好。新年新气象。"

立丰在放鞭炮的时候记下了四个数字。以勤和华虹分别告诉他一个幸运数字。还有一个数字，是春节假期结束后，年初七那一天日历上印着的幸运数字。他排了半天，还是把日历上的数字买成了蓝球，毕竟以勤和华虹都算不得运气特别好的人。黎莲也给他发了信息，他瞄了一眼就删掉了。

他今年绝不再跨进棋牌室半步，也不会再接触棋牌室里的女人。当在彩票站接过那张十块钱彩票的时候，他心里有了新的着落。还有更大的一份着落，在华虹那里。

他仅剩的一点儿信心，来自他作为一个有魅力的男人在过去几十年中所获得的青睐。但也就只剩那么一点儿了。他从来都没有想过自己会做工人做到退休，想到现状不由得心惊。拿工资对他来说毫无乐趣可言。

下班以后，立丰见到了从姐姐家回来的华虹。

"过年怎么样？"

"老样子。"

"挺热闹吧？"

"姐姐家一大家子人，父母也在她那里，每年都是这样。"

"那挺好。"

"所以其实我自己，成不成家也是无所谓了。"

立丰立刻感到了失望。过年之前，他开着华虹的车陪她去农商城采办年货，听她的吩咐把车停到这里那里，跟她去她熟悉的铺子。是她约他去的，那天她看起来挺热情的。

华虹通过两个月前的初中同学聚会联系到立丰。两年前，她回老家办了一个不大的塑料制品加工厂。过去她一直在姐夫的塑料厂里帮忙，这几年她越来越不想和父母、姐姐一起全拴在姐夫那边，姐姐也鼓励她自己干，姐夫可以把接不下来的单子介绍给她。她们一起回家来看厂房，父母没有反对，他们觉得她动动也好，动一动总是会多出一些避免孤独终老的机会。他们对她回老家的动机有一些误解。

华虹回老家来开厂的时候，不能说完全不期待变化。但她没有具体的设想。她已经不必要走上任何一条可以被称为"道路"

的道路了，没有任何一个目的地正在等着她。她也苦恼过，但如今想来都是不必要的。一切都晚了，她被解放了。

被邀请去参加同学会时，华虹想起李立丰来，他是她初中时爱慕的对象，说起来是她第一个迷恋的人。那种痴迷并没有带来痛苦，她愿意回忆起它来。

华虹没有在同学会上遇到立丰。立丰只参加过那之前的一次，整晚守在当官的同学身边掏心掏肺。同学会之后，他又去找了那位同学好多次，才不管什么热脸贴冷屁股。最终，这位同学在以勤的就业问题上起到了关键的作用。他象征性地送了那位同学一条烟，然后就断了联系，彼此都知道是一次性的事情。立丰不再去参加什么同学聚会了，那不是像他这样的人能得到快乐的事情。

华虹在两个月前的同学聚会上听曾经的姐妹提起立丰，几个人开玩笑说约他出来吃饭，在宴席上就打电话给他，立丰答应了。他们两男两女四个老同学一起吃了饭。华虹留了立丰的联系方式，又约他单独出来吃饭。姐妹有天突然发信息问他们是不是还在接触，又一本正经地提醒她立丰的状况，说他并不是一个牢靠的人。华虹没有回。

一起去买年货之前，他们还吃过两次饭，都是华虹请立丰。立丰顺从地接受了，他觉得这代表他并没有在隐瞒自己的状况，况且是她主动找的他。

这一次是立丰约华虹去他家里吃饭。比起立丰接触过的其他有钱女人，华虹打扮得很朴素。这让他感到轻松。但他欣赏那种认真打扮的女人，每天操心自己的穿戴，对，他喜欢那种会享福的女人。他前妻巧巧就爱打扮，还和他一样爱赌，他相信跟她之间有过真感情。不过现在他恨她。他忘记了在茶楼倒闭之后他俩还一起折腾了十来年，现在回想起来，他总结了一句话：巧巧这种女人只能同甘，不能共苦。他禁止儿子把自己的近况告诉她，又补充说也不想知道她怎么样，他这辈子都不想再见到她。

华虹不属于他喜欢的类型。立丰早就知道了。华虹联系他的时候，他甚至想不起她是谁。但这都无所谓。他和她在一起也挺开心。

和华虹一起在菜市场里买菜，也是开心的。他们俩装作很熟练地、亲密无间地讨论着鱼肉蔬果。华虹希望不要遇到熟人，那样的话他们的假装会被戳穿。而立丰的想法跟她正相反。

立丰个子很高，华虹想起其实她以前就是喜欢高个子的男人，现在她可以承认这一点了。这事不牢靠，她也知道，但牢不牢靠并不要紧。这是恋爱，她感到幸福。

在带华虹回家之前，立丰多次告诉她，他住在最旧的小区里。他控制着自己的语言，既不希望华虹介意他的窘境，又希望她有些在乎，希望她会想起她可以帮他改变现状。但她只是听着，对此不说一个字。

华虹觉得立丰的家比她想象中好多了。这个单身男性不囤积物品，家里挺干净。这就是她印象中他所具备的优点，他每天都干干净净的，在那些冒着浑浊的热气的初中男生中鹤立鸡群。他和那些男生一样在街头巷尾窜进窜出，但他能保持他的整洁，并且从来不看她一眼。

客厅很小，她坐在条凳上，面前是一张八仙桌，看样子是老人留下的东西。李立丰的生命和她的生命发生了关联——他正在给她做饭，从再次相见到现在，她一直都很明确，这不是日常生活，这是奢侈；这不是他的给予，这是她的获取。

"你不喜欢的话，下次我们可以去外面吃。"吃完饭，立丰小心翼翼地问道。

"这不是挺好，下次还是在家吃吧。"

"就怕你不喜欢。那还不简单，我每天都可以做给你。"立丰倍感安慰。

也许这样才合情合理，他需要她。但华虹不甘心，她又找机会告诉他："以前，你可是看都不看我们一眼的。"

"怎么可能？"

"真的。你，还有你哥，眼睛都长在头顶上。"

"要说神气，我比不上我哥。"

"也有人这么说。不过我不这么觉得。"

"都是空的。"

立丰说这句话时最先想到的是自己，随后他才想到了他死去的哥哥。发现癌症晚期的时候，哥哥刚有了自己的工厂，刚成为整条街上第一个买电视机的人。想起过去，他总是落寞的。华虹心领神会，不再回应，她也懒得回应这句话，这是她最懒得回应的话之一，因为这话毫无意义。

但她不需要和立丰说这些。她说："周末出去玩吧？"

"好啊！你想去哪里？"

"去小慈山。开我的车去，那边现在开了几家民宿，好像还不错。"

华虹前几天看到小慈山的广告，就想到要和立丰一起去。她二十岁的时候去过一次，厂里组织大家一起去春游。去的车上，同车间里一个跟她年纪相仿的男青年坐在她的前座，她一路上都看着他后脖颈上短短的发根。回去的路上，他坐到了她的后面。那天她扎了马尾辫，她为自己暴露的后脖僵坐了两个多小时。那个男青年后来成了她第一个男朋友。他只比华虹高一点点儿，跟他谈恋爱的时候，华虹觉得身高一点儿也不重要。但他们最终没有结婚，先后从厂里出来，都去做生意了。

去小慈山的前一晚，立丰又买了十块钱彩票。彩票站老板把彩票递给他，依旧面无表情。他中过一次五块、一次两百块，老板都处变不惊地把钱兑给了他。这里进进出出有不少像他这种年纪的人，谁都不像是中过五百万的样子。不过谁都有可能。立丰觉得自己的可能性要更大一点儿，因为这几个数字不是随随便便选的，也因为他对这种事情总是抱有一种信心。

如果中了五百万要怎么办呢？这个问题他思考过很多次。他

让这夜晚继续

和母亲、前妻、上小学时的以勤都认真地讨论过这件事。第一次
刺激到全县所有人神经的"摸奖"是在他刚结婚的时候，头奖是
一辆桑塔纳，一共有十辆。当时中奖的人成了人群中的首富。他
认识其中一个，那人现在也不怎么样。中了五百万要怎么办呢？
他可以和华虹合作，把生意做大一点儿。

中了五百万之后还要继续和她谈恋爱吗？华虹这样的女人，
黎莲这样的女人，到底哪一种更合适呢？这个疑问只是在他脑中
浮过，不过他还是意识到，并不存在华虹这一种女人。华虹这个
女人有点儿独特。独特并不吸引他。但这样一个女人喜欢他，总
来和他在一起，这一点让他感到颇为珍奇。

今年春开得早，元宵节过了没几天，春风就把人吹得脸红。
去小慈山的人不少，上山的车排了长队。好不容易到了山腰上的
民宿，立丰觉得倦乏，但还是强打着精神，一边和华虹一起欣赏
着各个角落，一边拖着华虹的行李箱跟她进了一楼一间带院子的
房间。

他把华虹的箱子放在了床边，自己在床上坐下。他看华虹先
是在写字台上整理了背包，又去了一下洗手间。从洗手间出来之
后，她也不看他，径自走到通向阳台的玻璃移门边，把窗帘统统
拉开。

立丰觉得自己现在应该做些什么。是做些什么的时候了。
当他这么想的时候，他发现上午的行程早已让他的胳肢窝汗湿
了，现在在清爽的房间里坐着，这两团湿热渐渐阴凉。华虹站

在门边的阳光下。此时立丰并不想要去抱一个这样暖和的肉体，想到肉体要交缠，他就想到一路上迎在额前的过于明媚的春日，想到等着上山的车队，还有下车时撞上的成群飘浮着的细虫，它们给他的感觉都是一样的。但他必须要做了，所以他上去，抱住了华虹。

华虹正想转身。他一开始抱得并不贴合，华虹又转过来，迎合了他，他笑笑，华虹没有笑，低头靠在他肩上。

拥抱总是舒适的，比他刚才想的要舒适得多。他做一个疲倦的男人已经很久了，但每次都是这样，当身体贴着身体，他又享受其中。他俩拥抱着，拥抱出一种比人体更热的、能使黄油迅速融化的温度。立丰几次松手想要做点儿什么，都被华虹止住了。既然她喜欢这样，立丰也不再着急，有几个瞬间他因为关心吃午饭的时间或者玻璃移门有没有锁上而走了神，但很快地，他忘记了这些，忘记了要讨好她。

他们错过了午饭的时间。立丰和华虹都听到空气在嗡嗡作响，而他们制造的响声与之相比是很细微的。立丰愉快又麻木，只是保持着存在。当他想起要回报的时候，却被华虹拒绝了。那些扭曲的、从脑子里生出来的东西渐渐消失在这密室当中。他想到越来越多、越来越多的飞虫，它们的细小和密集和房间里的声音一样，都是可以被接受的。在这停滞的午间，他被华虹感动了，说不出是从哪一刻开始，在身体的交缠中，他觉得向来是这样。

让这夜晚继续

　　傍晚的时候，立丰和华虹去山上著名的瑞星岩散步。民宿还不算多，大多数游客都是一日里来回，时间也晚了，没有人和他们同路上去，下山的人倒是不少。有几个人在荡着胳膊专注于脚下台阶的时候偶尔抬起头，看到这两个刚要上山的人。他们一前一后、一心一意地走着，仿佛很久没有说过话，也不打算开口。

　　所谓的瑞星岩是山顶平台最边缘的一块突出的岩石。立丰和华虹坐到岩壁边的石阶上。

　　"我看这块岩，和这个平台一样，就是人工开发出来骗骗人的。"

　　华虹没有回应，只是坐着匀着气。

　　"这里肯定还会再开发，毕竟现在交通方便，这里位置挺好的。"

　　"我第一次来还是在厂里。二十出头，一晃，'哗'的一声，三十年就过去了。"华虹望着岩尖所指的远方，像是在目送倏然远逝的时间。

　　"怎么不是呢，都一样。"想到失去的时间，立丰往往是懊恼和愤恨的。

　　"所以也没必要羡慕年轻人。每个人都要老的。"华虹说，"只是他们还想不到而已。你二十几岁的时候，有没有想到过现在这样？"

　　"也知道岁数要大上去，只是没有想过会这么快。"立丰害怕她要问他有没有想过现在会跟她在一起，那样的话他就得好好想想要怎么回答她，所以他觉得不如继续停留在这种不要紧的事情上，"好像二十几岁的时候，年轻的时候，现在就只记得几个画面，前前后后记不清了，就只有几个画面。"

"你记得什么？"

"厂里迎春晚会，我表演唱歌，还有几个小青年刚学了点儿吉他和架子鼓，搬着家伙在我旁边伴奏。虽没怎么排练过，唱的和他们弹的也不是一回事，但效果很好，大家都很高兴。"

"你那个时候留长头发，穿喇叭裤。"

"是这样的。你怎么知道？"

"我有张照片，你穿了件牛仔外套。"

"好像是。"立丰记得他穿的是一件皮夹克。他以前挺喜欢听华虹说起对他的关注，甚至有点儿上瘾，不过尽量假装无所谓罢了。但此刻他突然为她感到难过，不想再听了。

"那张照片是我小姐妹的，她跟你一个厂。她想想结婚以后这种东西没地方放，就给我了，她喜欢里面那个打架子鼓的男的。"

"那个人到现在还是一个人，没有结婚，弄不清楚他怎么回事。前两年在浴室碰到过他一次，也老了。"

"你结了婚还不是一样，也一个人。"

"不一样的。"

"我那个时候也有男朋友的，不过还是把照片留着了。我回去翻翻，应该还在。"

"你和你那个男朋友怎么分开的？"

"谈得太久没有结婚，就分开了。他一直在观望吧。我们前后脚离开厂子。他马上就结婚了，对方有资源，他自己运气也好，生意做得挺大，早就移民了吧。"

华虹说完，转头去看立丰，吃了一惊。立丰瘦削的脸绷得像石雕。华虹以为他为自己的遭遇而愤怒。她一点儿也不期待她的话会产生这种效果，没有和那个人结婚一点儿也没错。

"如果我哥还在，我绝不会是现在这样。"使立丰恼怒的，是为什么这些人都成功了，而他没有。不只是华虹以前的男朋友，还有很多别的人。比如他开饭店时跟着他的小工，后来靠收旧手机发了财，生了四个孩子，每年还打电话给他拜年。他们都是从一无所有开始的，他们也并没有什么过人之处，无非是投对了门路。为什么老天就是不把暴富的运气分一点儿给他呢？

华虹一点儿也不喜欢说着这句话的立丰，但她让自己别在意。

立丰感觉到了华虹的沉默，长久以来第一次，他反省了自己的愤怒。他很容易地发现老天并非从未给过他运气。

"我嘛，有一步走错了，如果饭店继续开下去，现在应该很好的。"

"这种事情没办法的。"

隐隐地，立丰又想起那个小工。小工的左手食指伸不直，也不能完全弯曲，是在他那里切菜切断了筋导致的。小工当时年纪还小，没做鉴定，也没什么赔偿，从医院回来之后，立丰给他吃了两顿猪脚，这事就算过去了。后来立丰开茶楼时也带着他，他还挺感激。每次接到他的拜年电话，立丰都担心他是想起来跟自己算账了。他隐约地觉得自己是从那个时候开始倒霉的。他差点儿要和华虹说这件事，但还是没有说出来。他对谁都没有说出来过，因为没道理啊！要真是这样，老天爷对他也太苛刻了吧！

"倒不是没办法，开饭店太苦了，其实熬过那阵儿也就好了。要是我坚持下去，肯定比现在这个老板经营得好，他的思路不够活。"

"你也不用这么想。每个人都有自己的命。真是这样。"

华虹冷酷的语气让立丰相信她并不是在安慰他。他想起人们常说的："还是面对现实比较好。"面对现实有什么好处呢？立丰没有想下去，他赶紧去想别的了。

"你说的那张照片我记得。我年轻的时候还有一张照片，我爬上卡车驾驶座，是厂里拍的，这张照片我看别人也有。"

"我在你们厂的宣传栏里看到过。人家都说从这张照片看出你手长脚长，完全可以去做模特。"尽管他们已经很亲密了，但华虹还像是刚刚重逢时那样不失时机地表达对他的关注和赞美。她认为没有人会厌倦这些。她知道自己是在刻意地表达，就像是在喂养他，让他满足。

让这夜晚继续

"要是做模特……也不可能，我们这种小地方，资源太少了。"那次爬进驾驶座后他去上海送货，返程的时候，车被几个大学生拦了下来。他答应了他们的请求，把车横在学校门口，放了轮胎里的气。而他自己，和大学生们坐到了一起。但那一次他并不是为了帮助他们，他是在模仿他们。现在回忆起来，他早已不再羡慕什么大学生了，都是空的。

所有这些失去了的可能性在他心里到底引起了多少的遗憾呢？华虹无法感同身受，如果过去改变的话，这一刻也会改变。她说："现在不是也挺好的。"

立丰觉得自己应该想想怎样提醒她，他的境况并不好，而她可以帮他的。但既然她觉得好，那也好。

从小慈山回来以后，立丰越来越觉得难以向华虹开口。他不去主动和她说，好像是因为他知道会被她拒绝。立丰越来越没有打算了，却不再心慌，他安慰自己说自己尽可以这样一直拖着，她总会需要有个人帮她、陪她的，她马上就要老了。

他突然想起以勤。以勤上高中的时候曾向他要过一辆电动车，后来一直没有再提，还有以勤现在一直也不来跟自己提买房子的事情，心情可能是一样的。他爱惜起自己的儿子来，以勤就是善良。不过回想起来，买彩票也好，想帮华虹做生意也好，他每次的计划里都是会考虑到以勤的。所以他现在经常想着华虹，偶尔想到以勤，也不算对不起以勤。

偶尔，他暂时忘记了华虹的存在并留恋那片刻的轻松。希望也好，感情也好，拥有的时候总是吃力，但既然有，又没有理由放弃。

华虹也会有这种感觉。她知道立丰的期待，也知道立丰越来越多的缺点，但她都选择了忽略它们。从心底里，她觉得最好是到此结束，她所得到的已经够了。小慈山回来之后的每一刻都可以结束了，但她没有像制造开始那样主动地制造结束，完美的结束已经越来越不可能了。她想了想，也将这些忽略了过去。她发现了新的自己，如此薄情，不仅现在是这样，还可能一向都是如此，只是她以前误解了自己。所以一切都说得通了。尽管立丰有这样那样的缺点，但他倒不见得是一个薄情的人，她常常在他身上看到爱恨情仇。

他们的关系果然朝着现实延伸出去，先是立丰见了华虹的姐姐。姐姐有天突然过来，华虹请立丰去车站接她。他们年轻时都曾听说过对方的名字，见了面彼此笑笑，走在路上都拿出了当年意气风发的劲头。

立丰第一次去华虹家做饭，厨房几乎是崭新的，没怎么用过。立丰边做饭边考虑着要添置些什么东西。他想帮她把厨房配备齐全，跟他俩最后成不成没关系。他为自己的真心感到愉快，哪天有机会，他要把它讲给华虹听。立丰走之后，华虹准备面对姐姐的质疑，但姐姐对他们的事什么都没说，她是来跟华虹商量她自己的事。

"像这次这样，我跟他吵翻了，一个人出来。爸妈留在家

让这夜晚继续

里，不合适。"

以她们姐妹的互相信任和她对姐夫的了解，华虹立刻接受了让父母来她这边住的提议。

"这样的话，我们要离婚也简单一点儿。"

先是她另立门户，接着把父母接过来，最后姐姐离婚，华虹发现自己在姐姐这个决定中扮演了过于重要的角色，所以劝她："这种事情要好好想一想的。再说离了婚之后，你打算怎么样呢？"

"钱我有的。"

"不是这个意思。毕竟年纪大了，能相伴到老是最好的。"华虹脱口而出的全是她根本没考虑过的话，但万一它们是对的呢？

姐姐没有说什么，两人各自想象起真正衰老时候的样子。华虹提醒自己顺其自然，免去做选择的负担。她现在对立丰有一种信任，就是相信他一定会推着这件事往前走。那就交给他吧！姐姐越想越觉得痛苦，她痛恨自己的丈夫，痛恨他如此失控，本来维持现状就好，她已经习惯了睁只眼闭只眼，但他竟安排情人在厂里上起了班，完全没有底线，逼得她不得不有所举动。华虹曾经在类似的事情发生时坚定地支持过姐姐，但这么多年之后，她已经无法确定姐姐的真实需求了。

过了两天，姐姐回去了。其实第二天她就想走的，儿子打来了电话，说那个女的已经离开厂里，事情又一次暂时地解决了。在姐姐走之前，华虹想和她认真商量一下让父母过来住的事情。但姐姐不愿再提了。华虹感到另一种生活的可能性意外地跟她打了个照面，又扭头离开了。

接着华虹认识了立丰的儿子。以勤以为爸爸在过年时候说的这个阿姨和以前一样，只是说说罢了，没想到他们闷声不吭地谈了半年，这让他觉得事情有些不一般。他对爸爸的女朋友一点儿也不好奇，但为了配合他，去吃一顿饭也没有什么。

这个阿姨和以勤想象中不同，她好像挺明白的。饭桌上，只有爸爸一个人挺兴奋，也只有自己一个人不太自然。以勤觉得自己和阿姨的寡言和坦然中有一种默契，来自对爸爸的了解。

吃完饭，华虹让立丰先送她，再送以勤。华虹下车后很久，立丰都快把以勤送到家了，才开口问："怎么样？"

"啊？"以勤想装个傻，他不想再配合爸爸了，他希望爸爸把简化的问题整个说出来，不要不好意思，爸爸以前没有这么矜持的。但在爸爸组织语言的片刻，他又放弃了。

"蛮好。你开心就好。"

这是以勤的真心话，立丰听着却不是滋味。

"怎么叫我开心就好……你怎么觉得？"

"我觉得挺好的。关键在你。"

"我嘛，觉得是挺好的。"

以勤等着立丰告诉他他下一步的盘算，但立丰没有说。

"最近手气怎么样？"

"说到做到，今年一次都没碰。"

以勤该为他感到高兴，但这样的爸爸真是陌生啊，他不知道他能不能坚持下去。当然，还是坚持下去比较好。

回到家，立丰收到华虹发来的信息，让他明天去厂里帮个忙。华虹的厂就在他上班的厂附近，每次路过，他总要望过去。那一片厂区就是华虹没有向他展示过的那一部分。

立丰振奋起来，这样下去总没有错的。他能理解华虹在这件事上的用心，他们这才刚开始，如果华虹直接让他去厂里工作，肯定会被别人说昏了头，得一步一步来。深夜，他打开衣橱，挑选起明天要穿的衣服。想到终于要去看看华虹做老板是什么样子，立丰不禁微笑了。

厂里有一批出货要按照新的标准来包装，华虹叫立丰来盯包装台，没介绍他就走开了。立丰感觉到了工人们的好奇心，他希望他们从他的泰然自若中看出他是老板的自己人。如果他们能猜到他是她的男朋友，就更好了。他发现两个女工互相递眼色，是那个意思，心里暗暗高兴。看了一会儿，他坐下和他们一起干起来，最重要的，是给他们留下一个好的印象。

立丰曾经和华虹开玩笑说："厂里的工人欺负你吗？"看出华虹不快后，他又补充说："你又不凶。"华虹不喜欢这种质疑，这表明立丰根本不了解她，但她懒得解释给他听。在厂里，立丰承认自己看轻她了。华虹总是脚步匆匆，三言两语里有说一不二的强硬。她在车间里因为担心交货时间而嘀嘀咕咕，或是踢到地上摊开的材料而哀叹一声，总有管事的或者工人来应和她两句。立丰发现他们彼此信任。他发现她并不真的需要他，因此很感激她，这感觉类似于幸福，他很久没有体验过了。

下午订货方的经理顺路来查看新包装，华虹请立丰接待他。经理提出要加立丰的微信时，华虹也在，立丰探询地望着她，她满不在乎地对他点点头。立丰希望能和这些人建立联系，不过他发现，华虹和其他生意人在一起时候的状态是他最为陌生的，那种轻松熟络的态度，不知怎么刺痛了他。

出货之后，华虹给自己安排了一次出行。当她把她要一个人去泰国的消息告诉立丰的时候，装作没有发现他脸上的惊讶。

“怎么会想一个人去？”

“又不是第一次，每年都要去一次的。”

“一个人总是不安全。”

“我习惯了。”

华虹的回答不容置疑。从去她厂里帮忙之后，立丰越来越感觉到华虹的强硬，她任性地说出这样的话，好像那是绝不会伤人的。但立丰不会表现出他的不满，他从没有对华虹表达过他的不满，他想他以后大概都没有这样的权利，这是应该的，因为他始终无法摆脱要靠她过上好日子的念头。

华虹还是一个人去了，去了那么远的地方，去到湛蓝的海边，隔着国界线，立丰心里有了牵挂，加上一点儿伤感，这样的幸福很快取代了一开始的不快。有天下午，他在自己上班的厂里检查线路时突然想到，如果华虹在旁边看着他，她会怎么想。之后，他总是想象她的目光。那一次，盖回灯罩时，他把螺丝钉拧得平平整整，一丝不苟，后来这成了他的习惯，他一点儿也不觉厌烦，倒像是找到了生活的窍门。他比以前更认真地上班，回家后还是把屋子打扫得干干净净。他还主动去交了下个季度的卫生费。

华虹走后第五天，也就是她回来的两天前，立丰意外地在中午接到她的电话，她请他帮一个忙，去找他见过的那位经理取一笔不走账的货款，一共一万多块钱，是新包装产生的费用。

华虹交代了事情，立丰应承下来，没有一句多余的话。多么默契！想到自己是华虹最亲密也最信任的人，立丰立刻上了路，半个多小时后，他来到另一个产业园。这里比华虹的厂所在的园区要新，规划得更合理，道路畅通，绿意葱茏。经过一个半闭着门的厂房时，立丰停了车。厂门外挂了块牌子，上写："塑料厂整体转让 通过环保验收。"他摇下车窗，摘下墨镜，伸出头去认真地审视起里面来。挺气派，规模比华虹的厂大出一倍。门卫室一个老头扇着蒲扇出来招呼他："老板，有兴趣？"立丰不发一言，在老头面前记下了牌子上的电话号码，朝他点点头，开车走了。他承认现在还不是时候，但他并不是装腔作势，总有一天他会帮华虹把生意再做大，从现在开始就可以观察起来、考虑起来了。

拐过一个弯，立丰找到了地方。仓库外面一个人也没有，太阳的光直逼着地面。立丰没有看见别的什么，只有蓬勃的热浪，催着他往底楼角落的办公室赶。接近门口的时候，立丰听到了人声，并不热闹，但他知道里面的人不少于五个。那种断断续续的哼哼和叫骂声，夹杂着短暂的寂静，他是多么熟悉，他越走近，就越觉得那里面有什么正绷得紧紧的。从车里带出来的一身冷气将要散尽，他推开了办公室的门。

凑在茶几前，手里拿着扑克牌的五六个人里有几个抬头看了他一眼。他们眼神相对，立丰打了个寒战。经理站起来迎接他，带着疏离的表情，好像他和立丰一定有一个在梦里，有一个醒着。其他人又低下头，重新投入他们所围成的圈儿里，忽略了那一瞬间的分心。

这种场面他见过太多，他从来都逃不脱的，赢的可能永远都在。他看见一个厚厚的信封塞在了他的手里，看见自己的名字写在了收据上。经理说了什么，他一点儿也没听见，他好像确实什么都没有说。没有人招呼他，也没有人赶他走，他感觉得到他们对他的压抑很不耐烦，他们看一眼就知道他了，他们希望他要么痛快地过来，要么赶紧走。

永远可能会赢，只要相信，只要去试，但也会输的，其实，一定会输的。他抬脚走出了办公室，一直走出去，坐进车里。说走就走，这就是秘诀。

驶离园区后，他觉得他胜利了。他为自己的胜利亢奋不已，他延迟着这种亢奋，他战胜了以前的自己，也想起了以前的自己，他不敢停止亢奋。回家的路上，他听见手机连着响了几声，一定是华虹给他发来了照片。他打算把这些全告诉华虹，就今天

让这夜晚继续

晚上，郑重地告诉她，当作破釜沉舟，把他今天的胜利和他以前是怎样的一个赌徒都对她说，这有点儿冒险，但他需要说出来，他需要她来帮助自己。最重要的是他得赶紧把这笔钱打给华虹。在看到路上第一个银行自动柜员机时，他停下了车，发信息给华虹，她没有回，打电话给她，她也没有接。他等不及了，赶紧下车把信封里的钱存进了自己的银行卡。

立丰一口气跑上五楼，关了门，才发现自己尿憋得厉害。从卫生间出来，他终于回过神，放松下来，现在他待在逼仄的家里，觉得很安全。接下来可以慢慢来，不过要记得转钱给华虹。他从从容容地打开微信。存钱之前，他发现路上那些消息并不是华虹发给他的，当时顾不上看，现在他点了进去。

是一个新的群，有十几条消息，他一边往上拉，一边明白了他们在做什么，拉到最顶端，他发现果然是那个经理把他拉进去的。

"轮到你了。"有人叫他。

因为他刚才抢到了最小的红包，所以现在轮到他发红包了。不需要谁给他解释，他早就看懂了。他什么都没想，只是轻柔地、顺从地滑了进去，遵循着不知谁制定的规则，动动手指，发出第一个红包，又点开下一个红包。

稍回过神，他强按住自己说抢完下一把就退群。但和他预感的一样，他没有停下来，停下来太难了，而继续却很简单，他无法阻断继续下去的惯性，也无法停止希望。

在手机显示余额不足之前，他从来没有看过卡里还剩多少钱，更不知道自己是从什么时候开始用华虹的钱的，他只知道搏下去，就可以把钱赢回来，再赢更多的钱进来。可惜这一次，他把钱输光了，包括华虹的一万多块钱，和自己卡里剩的那一点儿钱。

已经是午夜了，而回家的时候还是傍晚，他斜靠在床上，一直没有开灯，现在他待在黑暗里。锁上手机，连最后的一点儿光也没有了。但他眼睛还睁着，装满了黑夜的黑。他到底是怎么点开那第一个红包的呢？他根本不记得自己点开了它，也没想过要点开它啊。也许是不小心碰到的吧，他实在是记不清了。他发现他至少不用从赌场里走出来，他就这样继续僵直地斜靠在床上，不知什么时候就睡着了。

第二天醒来，他立刻起了床，洗了个热水澡，换掉前一天的衣服，出门去找庆潮借钱。庆潮很知道他是个什么样的人。有一年立丰帮庆潮去拿工钱，没带回来，输掉了。但那次之后庆潮还是一样待他。立丰一直把庆潮看作自己的兄长。他觉得现在最应该去找的就是他，也许也只能去找他了。早晨七点半，他敲响庆潮家的门，没有人应门。他又按了门上的门铃，铃是坏的，他想起来这铃坏了很久了，他一次都没按响过。

他们一定在家的，可能还在睡觉，那就用力在门上捶两下子。但睡眠留下的麻痹一点一点儿褪去了，立丰想起自己昨天是如何在劫难逃。他转身走了。他来也许只是想再确认一遍——对

让这夜晚继续

着庆潮也好，对着他家紧闭的防盗门也好——完啦！他从庆潮家的楼梯上走下来，告诉自己终于可以轻松了，除了那一万多块钱的债务，他没有别的什么负担了，希望啊，感情啊，全都没有了。但心里怎么还重重地压着什么呢？他把华虹的车停回了她家，走了十几里路，从县城的东南角走回西北角的自己的家，还是没有摆脱压在心上的爱，他不知道这爱是怎么来的，但他觉得是自己用放弃保存了这份爱。

听完立丰的坦白，华虹沉默了一会儿，又沉默了下去。在她的沉默里，一切很自然地结束了。他们再也没有见过面。华虹觉得自己对立丰负有责任，但就是那时了，不会再有更好的结束了。在泰国时，她给立丰买了一块表，到年底想起来，就寄给了他。不是为了留作纪念，就是想告诉他，自己真的不怪他，也不需要他还那笔钱。况且，她知道他一定把自己的钱也输了进去，这表就算自己还给他的。她什么话都没有说，也没有写，只是把表寄给他。她单方面认为这是一个好的结局。

收到表之后，立丰总是戴着它，他发现一个男人确实是应该有一块好表。干活的时候，他才把表摘下来。他庆幸自己没有从厂里辞职，也没有吊儿郎当，让人看出别的打算。春节假期之前，他去买了一千块钱的彩票，还是原来的那组数字，只是把华虹的幸运数字挪成了蓝球。他想着这一千块就当作是给以勤的压岁钱，万一中了呢。

除夕那天，以勤来和立丰一起过年，巧巧去度蜜月了。以勤看见爸爸又流露出那种羞愧的神色，不用问，上次的阿姨又落空了。这样也好，还是不要再做梦为好。

今年过年严禁烟火，举报有奖。在听过三令五申之后，立丰终于相信禁令是认真的，心里倒也太平了。这几年来，他还是头一次把年夜饭吃到了夜里。以勤不喝酒，放下筷子打起游戏。立丰继续自斟自饮，喝到动情处，湿了眼眶。他将酒杯停在嘴边，有半晌，等到把眼泪稳住，开口对以勤说："儿子，爸爸也就这样了。当然，可能还有机会。只是你千万记得，要时刻保持清醒。"

以勤挪不开眼睛，一局接着一局，一点儿也不愿去想那时刻保持清醒的惨淡的人生。

末　年

庆潮没有接到以鸣。高铁站外出租车专用道上排着长队，他想还是直接往回走划算。

运气不错，他很快载上一对要去客运站的父子。年轻的爸爸打着电话上了车："抱歉！我已经坐上别的车了，实在来不及，我给你发个红包吧。"

听筒里冲荡出一通乱骂。

年轻的爸爸震惊了，予以还击，挂断电话后继续狂喷脏字，赌咒说这辈子再也不用手机打车了。

孩子隔着不锈钢护栏对庆潮说："我爸爸平时不骂人的，我从来没有见过他这么生气。"这孩子看样子还在上幼儿园。

前方路口红灯亮起，一辆出租车冲到庆潮旁边急刹车，女司机摇下车窗，用眼神对着庆潮的车一番扫射。果然是同一个公司的。

"你之前叫的也是出租车啊？这个女人，出了名的凶。"

年轻的爸爸又打了投诉电话，在怒气中沉浸了好一会儿，突然喊道："师傅，你这里有一袋人家呕吐的东西，你赶紧把它扔出去吧。"孩子也跟着嚷嚷起来。

庆潮只好将车靠边。他回忆起，上一个乘客是独自去高铁站的女孩，没发觉她晕车了啊。后座上，爸爸看着窗外，孩子交叠两只小手紧捂着鼻子和嘴巴。庆潮从角落里把塑料袋提起来。塑料袋比想象中要沉，里面的液体晃荡了一下。

在车外日头的照耀下，庆潮看见塑料袋里交错着晶莹的光线。袋里是两条橘色的金鱼，它们在盈亮的清水中甩了甩花瓣似的尾巴。

晚饭时间，城区道路拥堵，庆潮乘机回家吃饭。下车前，他算了算目前的进账，才抵上一天的租金。他寄希望于晚上。白天给公司干，晚上才是给自己干。

"最大的生意，就是跑了个高铁站，还好回来带到两个去客运站的人。"一只脚刚跨进家门，庆潮就盘点起来。以鸣在家，行李箱放在客厅里。

"阿叔。"以鸣走到门口来叫他。

"我过去的时候让你妈告诉你，我顺便接你，结果她说你已经走了。"

"没事儿。"母亲和继父都对以鸣解释过，有生意的时候，车跑去哪里都不一定，没法保证去接他。

"思芹，你猜我今天在车上捡到了什么？"庆潮举起手里的金鱼。

思芹从厨房出来，接过塑料袋，拎到以鸣面前："你看呀！"

让这夜晚继续

以鸣条件反射般迅速将这一刻划归为欢乐的家庭时光。他从来不能自然地享受这快乐，总要放大自己的好奇和关注。他控制不住自己。仿佛如果不夸张一点儿，他就无法确定这份幸福。仿佛如果他不敏感到自己的不自然，就代表着对死去的生父的遗忘。他对生父几乎没有印象，但他觉得有必要记着他。

还有两个菜没端出来，庆潮捧起饭碗先吃了起来，一边对他们讲起那对父子。

"现在生意不好，接到个远一点儿的单，开过来又被取消，火气一下子就上来了。"庆潮帮女司机解释。他觉得骂人没有必要，一个女人，做生意不应做到穷凶极恶的，但也情有可原。他自己干到明年就退休了，最后一年，怎么都能混过去。

"我打车过来的时候，司机一路上给其他司机打电话，说今天才收到四百多。"

"很好了。"庆潮慌忙吞下一口饭，抬起头来认真地说。这个司机进账比他要多，还在抱怨。他怀疑自己跑生意跑得不对，心里有种说不出的滋味。

"他对着电话说，现在就勉强度日，还有啥指望？一路的牢骚。"

"心态不好。"思芹评价道。

"真的叫作怨声载道。"以鸣对母亲说。

"对，这个词用得很形象。"思芹笑了起来。

庆潮没有笑，他往嘴里扒拉进半碗饭，还没等完全咽下去又开口道：“排个长队，肯定是盼着拉到大生意，就好比赌博。最好拉到去古镇的游客，回程再带几个坐高铁的，一来一去就有一张半了。”庆潮替那位不知道是谁的同行算起账来，“但市区也不错了，开到这里二十七块钱？”

“二十八。”

“差不多，也算可以了。排半小时的队碰到一个起步价才是倒霉。”

因为庆潮，以鸣是知道司机们的期待的。

“我都有点儿不好意思。”

“他又不能拒载。我就从来不拒载，被投诉就不划算了，”庆潮嚼着最后一口饭，抓起水杯递给思芹，“帮我把水灌满。”是个茶色的玻璃杯，雀巢400克咖啡伴侣的瓶子。

“虾怎么不吃？”

“麻烦，来不及。”庆潮在门口穿着鞋，他看见思芹居然把金鱼放在垃圾桶边上。

“怎么不把鱼放出来，会死的。”

“等收拾完再说。”

“收拾完就被你糊里糊涂当垃圾扔了。”

庆潮重又换上拖鞋，走到阳台上翻出一个透明塑料脸盆，随便一冲洗，把鱼放了进去，又去厨房掰了一小截面条，捻碎了洒进盆里。

“上一次养金鱼还是二十年前。”他嘿嘿笑着，朝电视看了

让这夜晚继续

最后一眼，拿着他的茶杯走了。

以鸣想起，大概二十年前，那时他还住在镇上的祖母家，他来母亲家过暑假，继父带他去公园的摊子上捞金鱼。暑假结束的时候，他忘了把捞到的金鱼带回去了。庆潮说的也许是那一次。

庆潮希望能载到从饭局出来要回村镇的乘客，再从村镇上载几个要来县城过夜生活的乘客，最好是带着女朋友的年轻人，他们出手大方；半夜时载这样的客人回家也是最好的生意，只要他们没有喝个烂醉。

今晚，庆潮似乎与这些享乐的人无缘。他在城区的主干道上打了个来回，送了两个下班晚归的人，都是起步价。想到那些赚得比他多还在抱怨的同行，他不禁有点儿焦虑。思芹经常提醒他，也就这最后一年了，随便开开就行了，安全最重要，身体最重要。但高额租金带来的压力已经刻入了他的神经回路，对时间的吝惜已成为习惯。他试着放松一些，却总觉得有眼睛在监督着他，时刻提醒他——熬苦干活，巴结赚钱，是一个出租车司机的本分。

城中心还在堵车，他一直朝南开，终于看见理想中的乘客在路边向他招手。

一个男青年站在城外新开的五星级宾馆门口，身边有一只硕大的旅行箱，黑夜也无法掩盖箱子表面夺目的光芒。

"到湖州去。"男青年讲普通话，淡淡地报出一百多公里外的地名。

生意大得超出庆潮的预期。不过他也淡淡地回道："去湖州没办法打表，我回来带不到人。"

庆潮报出价格，男青年还了价，最后折中成交。这个人对钱既不特别随便，又不格外计较，庆潮以老司机的阅历判断，他应该是个正经人，至少是个正常人。基于这一点保障，他就没有理由放弃这笔大生意。在回程的路上，他将会在司机群里发一句："刚从湖州回来，打个来回四百五。"回到县城之后，他可以收工去吃个夜宵。

路上车少，用不着导航，路线他了然于心。在开出租车之前，他开过从县城到湖州的大巴，给交通运输公司干，在下岗多年之后，算是又回到了单位。但那个工作一点儿也不自由，每天一个来回，定时定点把人绑在车上，不爽。在此之前，他开了二十多年的大货车，热的时候打个赤膊，不像开大巴还要穿制服。有一次他实在无聊，就在驾驶座上唱起了歌："洪湖水浪打浪，大海啊大海就像母亲一样，我爱北京天安门，the sun rises over天安门……"想到什么就唱什么。竟有个乘客过来问他："师傅，你怎么了？你还好吗？"

那种在高速公路上解开安全带跑到驾驶座旁边来的人才有病呢。

干了两个星期他就辞了职。他受不了那样的拘束。听说现在交通运输公司还规定大巴司机上路之前用普通话介绍自己，向乘客们保证行车安全——傻都傻死了。庆潮庆幸自己已经离开了那里，滚他娘个单位，老子一路来就是自己给自己干！

为了开大巴，他特地去考了A照，偶尔在夜宵摊上摸出驾照一把拍在桌上。

"我是老家伙了，手机没有你们玩得溜。不过你们谁有A照？"

庆潮打算继续行驶九个月，上坡，倒车，掉头，兜圈子，一直干到满满六十周岁为止。"退休之后，此生此世我再也不开车了。"整个出租车公司都听过他的誓言。

此刻他疾驰在高速上，道路顺畅，方向盘渐渐像是长在了手上，他享受跑长途时和车一起专注于眼前，进入滑行的惯性状态，那就叫作人车合一啦。因此，乘客开口的时候，他还不太想理他。过了半分钟，他才回应："啊？"

"你怎么不用手机接单？"

"小县城里接单赶过去两公里，跑跑一公里的生意，没意思。"

"那你用手机收钱吗？"

"你要用手机付？"

"不是，我用现金。"

庆潮不会跟乘客多话。他喜欢跟同行们、跟家里人瞎吹，尤其是休息日喝点儿酒，他的话就源源不断。在这个过程当中，他会跟听众打招呼："你们不要嫌我话多，酒鬼嘛，喝了酒总是要挥发掉一点儿。"而跟乘客多话，在他眼里是很傻的行为，过分热切，公私不分，一点儿也不专业。

眼看这次聊天也将不咸不淡地结束，庆潮有心打探一句："出完差回湖州？"

"去讨债。"

庆潮心里咯噔一下。

下了高速，庆潮问乘客具体要去哪个地方，他们可以跟着导航走。

"不用，我给你指路。"依旧是冷冷的、果断的声音。

七拐八绕，庆潮努力记住夜色中的路线。驶过一大片工地之后，他们驶进城边上一条街道，街上店铺招牌破旧，住宅楼沿街立着，绿化带乱七八糟的。

"我现在没钱，我去讨来了给你。"男青年要下车，理所当然地说。

"转我手机上吧。"

"我手机上也没钱，我箱子留在你车上，再给你留个电话号码。或者你跟我一起去取？"

庆潮朝街边的住宅楼群望了望，那儿深不见底，他选择待在车里。

他拿起茶杯，心不在焉地抿了一口。经过这样的长途，他很想从车里出来走走，但他不敢。他对着后视镜看了看自己的光头，嗯，样子蛮凶，也不是好惹的。他以前是平头。刚开始跑出

让这夜晚继续

租时候，有个同行被坐车的抢了，脖子上被戳了一刀，还好没有戳到要害。庆潮认为，那个司机是个傻瓜，一个跑车的，脖子上戴条金链子。因为这件事，庆潮决心去理个光头。本来他也厌烦了白头发经常要染。剃完头，他朝镜子沉下脸，一瞪眼，嗯，蛮凶的。

后来车里统一装了铁笼笼，再后来一个车里装三个监控，让他安全感倍增，相信不可能会碰到强盗了。这几年县城里连小偷都销声匿迹了，但无赖还是有的。他想起上一个赖账的客人。大约一年前，那天不像今天，是个大白天，客人是个本地人，年纪说不清，总之比他小。他在炮台口接到他。客人一上来就自我介绍："我是个大烟鬼，刚刚放出来。"

庆潮不动声色地笑了。这是个傻瓜，挺搞笑的。

没开出几里地，他听到他在后面狠劲拍打自己的胳膊弯。

"你别这样啊，我要报警了。"庆潮靠边停下，在罩笼里艰难地转过身去朝后座喊。

以迅雷不及掩耳之势，大烟鬼朝着自己的静脉推了一针。"好了好了。"他握着针管向庆潮表示抱歉，一只胳膊上紧扎着一根白鞋带。

"你千万别死在我车上。"

"师傅你放心，我要死就一个人躲起来死，再怎么样也不会死在你车上。就一针，唧———了百了。"

"你下车。"

"师傅你不能拒载啊！"大烟鬼瘫坐在后座上，"荒郊野外的，你可怜可怜我。"

"这儿哪里有什么荒郊野外……"庆潮骑虎难下，只得又将车发动。

又开了十五公里，到了地方，是公路旁边一个村子，大烟鬼坦白说自己没有钱。

"没有你去借。"庆潮放眼望去，看见几个村民骑着三轮车等在村口。

"这个我认识——伯！"大烟鬼摇下车窗伸出手去打招呼。

其中一个村民看看他，皱着眉头吸完最后两口烟，扔掉香烟屁股，骑车走了。剩下的两个见状，也跟着走了。

庆潮又载着他进村。路过派出所时，庆潮把车停了下来。

"我看你还是进去算了。"

大烟鬼坐在后面，好一会儿没有吭声。

"你本事倒是大，像个医生。"

"熟能生巧，大家见了我都摇头啊。要不进去算了，反正也走不动了。"

"你身上一分钱都没有？"

大烟鬼在自己身上上上下下摸索了一番，摸出两张皱巴巴的纸币。

庆潮接过这十块钱，下车给他开了门。他顺从地出来，跟正在门口晒着太阳的民警打了个招呼，趿着鞋走进了派出所。

让这夜晚继续

消失在楼群里再也没有出现的客人，这十几年一只手恐怕数不过来。连车钱都要赖，也算是白活了。今晚的男青年站在路边叫车的时候还像个体面人，等到庆潮打出这个电话，他恐怕就要成为白活的人了。

果然，电话关机。庆潮开车往男青年离开的方向走了一段，又一把掉了头，展开记忆中的地图，驶离这个街区。他在一个交通岗亭附近停了车，打开后备箱。是个空箱子，轮子还是坏的，载回去都嫌占地方。他把箱子拎出来，放在垃圾桶旁边，才一松手，收废品的就过来把它推走了。

回程没走高速，也没开空调，他精神涣散地在公路上驱使着这辆涣散的捷达往前赶路，半辈子开车积攒的疼痛，从脖子到屁眼，挨个来拜访他，最要命的，还是心痛。运气不好，破财消灾。不过损失有点儿惨重。庆潮相信这是最后一次。最后一年，最后一次，庆潮劝说自己，不要光顾着计较钱，这里面总是有一些纪念意义的。

接近午夜，司机群里热闹了起来，有人问他今天生意如何。一直等驶入县城境内，他才回了句："一般。"

路过公司，他进去加热水。值班的小妹划着手机问他："生意怎么样？等会儿请客吃夜宵啊！"

庆潮专心将茶杯接满，装作没有听到她的话。

"小气吧？跟你开玩笑的。说正经事，这次买车，挺划算的。"

庆潮抬起头看看她："你怎么知道？"

"公司的事儿，我什么不知道，你跟老板关系好，我跟他也要好的呀！"

"老板听到你这话要被吓死。"

"再不发加班工资，我还要乱说了。"

庆潮被她逗乐了。

"庆潮师傅，你还是厉害的，到了退休后，自己能做老板了。"

"开了几十年车了，这点儿实力还是有的。"小妹的话让他很受用，他要的就是这种感觉，翻身做了车老板，闲在家里收租金。不过他还是补充道："还没想好呢。"

这话并非假意。每年都有少量新投入市场的出租车可以买卖给个人，最火的时候，黑市炒到近百万元一辆，车本身值不了多少钱，关键是那张营运证。现在，价格掉了不止一半。这样，才轮到庆潮有机会买一辆自己的车。

公司老板是一条街上一起长大的兄弟，他告诉庆潮今年价格便宜，但庆潮还在犹豫。在这种大家都觉得穷途末路的时候买车，不一定理智，况且对于他来说，那是性命攸关的一笔钱。如果按现在的情况看，肯定不会赔本，但谁知道以后怎么样。像他这个年纪的人，好歹对"居安思危"四个字是有切身体会的。他也有风光的时候，比如刚从驾校学成归厂，像他这样没有门路的人被厂里派去学车，相当于公家认证你脑子灵光，那时全县有驾

让这夜晚继续

照的人不到一千个；没几年工厂效益不好，他承包了厂里的车，自负盈亏；下岗以后就接着干大货车，算是挣过钱，现在住的房子也是那个时候买的；出租开得好的时候，到手的钱比一般人上班工资还多一点儿。不过这些都过去了。庆潮的外甥大学毕业后在开发区的网络公司上班，才去实习就比他挣得多。

"我是没钱，要是有钱，我也买一辆。"

"你买车来干吗？嫁个人就不用动这种脑筋了。"

"还是买辆车比较保险。"

"难说，世界上就没有保险的事。"丢下这句话，庆潮走出公司。他希望能在收车之前尽量弥补一点儿损失。他发动汽车，驶向酒吧一条街。

一对漂亮的男女站在全城最时髦的酒吧门口等车。庆潮一眼就能认出这家酒吧，因为它门面的灯光很奇特，大小矩形嵌套，次第亮起银光，像是一个时空隧道。两人都穿一身黑，都是瘦高个，女的穿了件亮片吊带裙，瘦骨嶙峋。男的搂着女的的腰。在夏末的夜晚，两人瑟缩着，贴得紧紧的，像是在抵抗着，不让身后的隧道吸走。

庆潮停下车，载上了他们。

"随便开。"

"随便开怎么开？"

"绕几圈兜风吧。"

说是兜风，两个人却把窗关了。管他呢，庆潮见多识广，见怪不怪。

夜太深了，有辆同公司的车亮着"空车"的牌子从他身边飞驰而过。看它毫无逗留之意的姿态，他能想象坐在里面的司机的心情，烦闷，急躁，不允许自己太早回家，但也没有一点儿耐心了。

他兜到这笔生意不算坏。第二次经过城东新造的中学时，庆潮开口了："像你们这样喜欢兜风的客人，我还载到过一个，一个高中生，小男孩。他一个人，上了车也说随便开，然后就不说一句话了。大冷天，窗开着，我都被冻得感冒了。"

他的话没有得到这对男女的任何回应。

"这个小孩有点儿像我儿子，我儿子高中的时候也这样，怪怪的。他年纪跟你们差不多大，三十刚出头。你们呢？"

载着一车自言自语，庆潮摇摇头。这笔生意不会错，男的上车之前手里还好好地拿着一个长款皮夹呢，皮夹看样子也值不少钱。总不可能这么倒霉，一个晚上碰到两个无赖。只是有点儿怪，没有目的地的行程，空对空。

"我儿子一个人在杭州打拼，自己靠自己，人家到了要结婚买房子的时候，要跟家里商量，他啊，从来不说，不知怎么打算的。杭州的房价，天文数字。

"你们两个，结婚了没有？你们打算生小孩吗？

"我现在这么开，以后不用依靠他。也没法让他依靠点儿什么，只是攒了点儿，他要办事的时候，就给他拿去。不过年轻人嘛，总是有希望的。"

让这夜晚继续

下车的时候，男的给了庆潮一张一百元的，架着女的走了，没要找零。庆潮在黑暗里接过钱，没有回头，不想多看他们哪怕一眼。

回到家，以鸣不在。思芹从前半场睡眠中醒来，告诉他以鸣这次是来出差，住宿已经安排好了。庆潮跟思芹说了白跑一趟湖州的事。思芹安慰他人没事就好，又怪他不该再接长途的生意了。

"生意来了，不做变傻瓜了。"

"好了，今天结束了。"庆潮和别人合租了这辆车，做一休一，他脱掉沾满汗臭的T恤，给这个工作日做了结语。

以鸣打电话来说中午不过来了，思芹嘱咐他记得晚上的聚餐，庆潮跟请客的人说了一家三口一起去的。

午饭做好了，思芹坐在餐桌前，想着以鸣昨天说的话。以鸣说："钱的事你们还是自己拿主意吧。"思芹跟儿子说到买出租车的事，她想听听他的意见。但以鸣刻意和有关他们的钱的事保持着距离。这是一种奇怪的自尊心。再说，真的能分得这么清吗？

庆潮还在赖床。休息日的他一味好吃懒做，他说："吃不了昨天的苦就享不了今天的福，享不了今天的福就吃不了明天的苦。"如果以鸣在，庆潮会穿戴好之后再从房间里走出来。出去喝酒打牌的时候，他一般会特别跟以鸣交代一声："你坐坐，我去放松一下，牌玩得不大，都是小意思。"以鸣会问他去哪里，玩什么牌，问需要不需要先赞助他点儿零钱，讨个吉利。

他俩在一起时一向客气，这几年渐渐轻松起来。这方面，以鸣是受了庆潮的启发。以鸣有个从小玩到大的朋友在古镇的酒吧驻唱。有天朋友告诉他，他演出完回县城坐了他继父的车。

"你怎么知道是我继父？"

"他自我介绍了。"

"他怎么知道是你？"

"他说看我背着吉他，又听我朋友叫我的名字。"

"他就主动跟你打招呼了？"

"对啊！他说：'我是以鸣的继父。'你继父蛮热情，蛮有趣的。"

庆潮见到以鸣之后跟他补充道："我跟他说，我是以鸣的晚爷，用普通话说就是继父。""晚爷"这个方言中表示继父的词要念出来，可真难听啊，以鸣和庆潮一起憨憨地笑出了声。

庆潮起床后做的第一件事情是去阳台看鱼。水已经浑浊了。

"我就知道你会忘记。"庆潮朝客厅喊道。他给鱼换了水，又给它们喂了面条。

"晚上到河边捞点儿水草放进去，要不然它们睡不着。"

"谁？"

"鱼。"

"你自己养着，我会忘记的。"

"本来就不指望你……以鸣什么时候来？我手机接单有点儿问题。"

"让别人帮你看看嘛。"

让这夜晚继续

"他们都是家里孩子帮着弄的，我也有孩子可以帮我弄，还是个研究生。"

"晚上吃饭你别吹啊，又不稀罕。"

"我是酒鬼，喝了酒总要吹吹牛。"

思芹不再劝他，这么多年了，她始终无法阻止庆潮在酒桌上说傻话。但她心里对丈夫并没有什么怨言。他只是有这点儿可怜的虚荣心。

处理完工作后，以鸣直接去了饭店。路上，他用手机打开搜索网页，键入"出租车"三个字，底下跳出几个相关搜索，其中一个尤其醒目——"出租车行业会消失吗？"。他不禁去想，是哪些人在问这个问题呢？他猜也许包括自己的母亲，因为昨天他那样迫不及待地拒绝了她的求助。

网上众说纷纭，讨论的重点是网约车的冲击。以鸣觉得市场供需关系都还在其次，关键在于政策的走向，这是谁都无法预言的，至少，他和他的继父无从得知。总之，母亲他们不该冒这个险。如果她再问起，他会这么跟她说。

他到得早了，包厢里只有一家三口，看样子是做东的人家。女人热情地招呼他坐下；女孩穿着高中校服，坐着玩手机；男人头发剃得很短，脸上修得干干净净，脸色惨白，坐在椅子里向他微笑问好。

"我是……思芹的儿子。"

以鸣觉得连他们的女儿都好奇地看了他一眼。年纪再小一点儿的时候，他拒绝参加继父这边的聚会，他觉得自己的身份完全不合理。现在他会来，说不出别的道理，无非是他长大了。

人陆陆续续进来，思芹和庆潮在以鸣身边坐下，以鸣听着在座的人说话，发现这一桌人全是出租车司机和司机的家人。

"我们大家来一个，"女主人举起酒杯，"本来应该国良自己来说的，但是他刚好，怕他激动。"

"吴国良你也是，还没好，就在家里休息，急着请客干什么。"庆潮插嘴说。

"已经好了。"男主人拍拍自己的脑袋对大家说。

"我看还没有……"

以鸣看了一眼母亲，母亲会意，转头瞪了庆潮一眼，庆潮这才住口。只要一沾酒桌，不管酒有没有到嘴边，庆潮就进入了酒鬼话多的状态。

女主人接着说道："谢谢各位兄弟帮我们家国良出头，不容易，各位都是真仗义。"

起哄声里混着玻璃杯碰撞的声音，喝了第一杯，庆潮又立即把自己的酒杯斟满。

"先谢谢老板！"女主人再次举起酒杯，她拉起身边的女儿，男主人也勉力站起来。

"谢我有什么好谢的，我又没有罢工，我又没有去静坐。"站起来的男人穿戴显然比在座其他人要精致得多，他端着酒杯走过去，拉三人坐下。

"老板不反对就是对我们最大的支持！"酒桌上有人喊。

"对！"庆潮应和道，说着便灌下了杯中酒。

思芹劝他先吃点儿菜垫一垫。

"再谢谢弟兄们！整整三天，出租车司机整整三天不开车是什么损失？我心里一想到……"男主人靠着椅背看着天花板上的吊灯，举着酒杯的手微微颤抖。

"好了好了。"众人一阵劝。

"喝酒！"继父又带头举起了酒杯，以鸣又看了母亲一眼。

"差不多一点儿。"等到庆潮坐下，思芹在他耳边说。

"思芹，你今天给我点儿面子。"

"什么面子……"

"今天什么日子，"庆潮放下酒杯，整颗光头已经微微泛红，他俯身越过思芹对以鸣说，"这个人，一年前在高铁站跟几个黑车司机因为抢生意打了起来。你看他，是有点儿不灵光了。"

庆潮一个手遮着嘴，一个手朝男主人指指点点。以鸣垂着眼点点头。他也好奇，但不敢细问，怕继父一来劲就控制不住自己。

"不光是为了你的赔偿，"庆潮对着大家说，"一方面，兄弟们因为这件事情，也有了机会去跟运管所谈，要求严打黑车；另一方面，要求控制新增的出租车数量，车子太多，生意难做。"

以鸣感觉到饭桌上一阵欲言又止的短暂沉默。过后，大家在庆潮的带动下又纷纷举起酒杯。

"算了，让他开心开心。"思芹对以鸣说，像是在请求他的原谅。

"我是大老粗，谈判我也帮不上忙，我嘛，做做苦力，静坐又不需要力气。"

"所以前几天我感觉好一点儿了，可以出门了，就喊我老婆请你们几位。开着出租车去广场静坐这种事情，在这个县城，头一趟！"

"你莫激动。只此一次，我也算是参与历史了。放在今年还会有人罢工吗？不会了。"

继父说完给自己倒满酒，站起来搛了一块刚上桌的烤鸭。桌上其他男人表情复杂。以鸣听到离他最近的一个司机"嗯"了一声，像汽车发动之后立刻熄了火，短促而憋闷。

"倒不是这样。实在做不下去的时候，还是要去争取的。"以鸣对面有人说话了，坐在他旁边的两个人跟着点头，彼此碰杯约定抱团。他们比庆潮要年轻得多。

老板嬉笑着看向庆潮，有心要调节一下气氛："吴国良，你要叫你老婆好好敬庆潮一杯，铜钿银子他是最巴结了，他都舍得罢工，不简单。"

"你少放屁！谁最拼命往钱眼子里钻？这里坐的几个人哪个有你钱多！"

以鸣问思芹："阿叔跟老板很熟？"

"从小就认识。晚上你自己问他嘛。"

庆潮听见以鸣在和思芹说话，又凑过去解释："他们都罢工了，我还开着个车在路上拉生意？丢人！要倒霉的！"

"你还不巴结？'非典'的时候开着大货车往广东跑，除了你还有谁？"

"'非典'，这种事情就像中五百万一样，我就不相信我运气这么好。你想想看那是司机都找不到的时候！这种好生意来了，不做就变傻瓜了。"

"就你最精明，我们都是傻瓜。所以说嘛，你这样要钱不要命的人三天进账落空，来，弟媳，敬他一杯！"

"两天，我轮到两天。"庆潮将酒斟满，转向女主人，客客气气地将酒干尽，又面向大家说道，"车子开到江西和广东交界，检查的人看我一个人从浙江过去，体温都没量就放我走了。一个人，要是有热度，不可能开得过去。"

"硬气！"有人捧场道。

庆潮受了鼓励："开车，身体要好，脑子要灵光，还要有运气，我总算运气还好，开到快要退休。"

有人问："'非典'是哪一年？"

"哪一年？"庆潮一时想不起来，指指以鸣说，"反正是小孩考大学的那一年。"

"那钱是要准备好的。"女主人由衷地说。她看看女儿，又看看丈夫，眉头习惯性地拧着。

"精明是你精明，结果呢，钱都没拿到。"老板继续打趣道。

庆潮坐下，"这种事情就不提了。"

"怎么会没拿到？"桌边的人都感兴趣，以鸣也是。

"李立丰咯！李立丰自己不敢开，把生意转给庆潮，结果工钱都没给他。"

"其实是这样的，"庆潮解释道，"他帮我去拿工钱，货主那里正摆着一桌牌九，他忍不住，自己的钱和我的钱，一起全输掉了。"

桌上其他人帮着数落起李立丰来。庆潮和思芹讪讪地吃菜。老板抿了一口酒，突然想起了什么，如梦初醒般看向他们一家。

他的叔叔、他亡父的弟弟，好赌，这点以鸣也知道的，但他从来没听说过这件事。继父开货车的那段历史在他脑子里是模糊的。他只记得有个冬天的早晨，他和继父走路去买一瓶白酒，继父把那瓶酒灌进车里，说是为了防冻。以鸣觉得自己和父辈的这些人都不同，他要做个强人。但这种时候他就承认自己自私又懦弱，刚才才会不免为继父感到难堪，现在又不免因为叔叔感到难堪。

"喜欢赌，就像我喜欢喝酒，控制不住的。"以鸣发现庆潮是在对他说。一样控制不住的，这样好像就感觉好一点儿。

"吴国良你接下来什么打算？"庆潮又在一片笑骂声中大声地问。

"不知道。我现在只能过一日算一日，出租车是开不动了。"

老板接住话头："也不要说这么绝对，再好好休养休养。"

"我自己知道的，不行了。"男主人双臂一伸，给大家展示这副不再强健的身体，"这样是开不动车子的，要亏本的。"

"你们家不是还有个店面？做点儿小生意也蛮好。这出租车也是开到末年了，没啥开头。"

抱怨声四起，老板面有不悦，幸亏借着酒兴，这顿饭还是热热闹闹地吃了下去。

散席时，老板走到庆潮身边，拉着他低声说："你倒是要退休了，台面上还有别的兄弟呢，以后少说这种话。"

庆潮赖皮地朝他笑笑："我是大老粗，吃了酒话多。"

回家路上，庆潮酒劲未过，叼着烟散漫地走着，突然回头说："以鸣，你听我跟你讲，你要是有一天觉得'我开车是老手了'，那就要出事情了。"

"嗯。"

"以鸣，你今天给我面子，我也蛮开心。"

以鸣笑笑。

"哎！我们的水草，还没捞呢！"

庆潮乐颠颠地跑到流经小区东门的河边，路过门卫室时，他问保安借了根竹竿。思芹拿他没有办法，骂他神经，又觉得好笑。

母亲在黑漆漆的河边格格地笑，以鸣也笑。他此刻的确有点儿高兴。他跟着继父小跑着来到了河边，闻着他的酒气，他渴望着能传染上他的放松与荒唐。

庆潮将要俯下身去，以鸣抢过他手里的竹竿，说："我来。"

竹竿探下去，一下就触到了盘错的水草，以鸣奋力一挑，竹竿挣开缠绕，什么都没捞着。以鸣又把竹竿伸下去，穿过水草，伸到水下，一搅一提，似乎拎上来不少。

"只要一根，你就拽下一根来。"

那根水草看不清颜色，滑腻腻的，往下滴着水。一阵潮湿漫进以鸣的心，那年暑假忘记带走的金鱼又游了进来，轻摇尾巴，掠着他的心尖。

第二天中午，以鸣去母亲家告别，没有遇到继父。思芹说庆潮起得晚，吃了早午饭就出车了，看样子中午不会回来。她问他要不要让庆潮送到高铁站，以鸣说不用麻烦了。但等回到酒店退了房出来，以鸣还是看见庆潮端着大茶杯站在路边等他。

庆潮见了他很惊喜："我刚送个客人过来，算算时间，你差不多要出来了，碰碰运气，正好碰到了。才等了几分钟，这样你也正好，我也正好。"

他们单独在一起没什么话，两人都很习惯。快到高铁站的时候，庆潮接到一个电话。以鸣听到他提到"派出所"，等他挂掉电话，问："是不是骗子？"

"听起来不像。叫我去趟派出所，有点儿事情问我。"

"现在去？你要去吗？"

"不敢不去，也不敢去啊……"

"什么事？"

"不知道啊！"

庆潮忧心忡忡。他的胆子再大，见识再多，被喊去派出所还

让这夜晚继续

是第一次。在沉默中，车一路勉强地开到了站前广场。

"要不，我陪你去吧。"以鸣没下车，说出了他认为应该说的话。

"好，好。"庆潮脸上一松，"你毕竟是研究生，我大老粗一个，说错话时自己都不知道。"

"唉！"在派出所门前一停下，庆潮回过神来，急着强调，"我不知道是什么事，但我肯定没犯什么错误。"

"嗯。"

"我说真的，我保证。"庆潮梗着脖子，光头奋力一振。

"知道了。"为了宽慰继父，以鸣拍拍他的肩，然后解开安全带，先一步下了车。

进了一楼大厅，庆潮不知所措。以鸣去窗口说明了情况，带着庆潮去了二楼，敲响走廊尽头一间办公室的门，说明了来意。

年纪大一点儿的民警对两个年轻的民警说："你们俩录个口供。"

靠门口坐着的年轻民警指指电脑："我这里还没好呢。"

"那小孙你来。"

姓孙的民警在办公室这里那里翻腾了一遍，回说："我的电脑现在也不行。"

"用纸笔。"年纪大的民警不耐烦地指指身后的玻璃柜。

小孙警官从玻璃柜里抽出一沓纸来，带他们在沙发上坐下。

"这是你什么人？"他用笔指指以鸣。

"我儿子。"庆潮有点儿紧张。

"我陪着可以的吧？"以鸣问了一句。

小孙警官顾着在纸上填写基本情况，过了好一会儿才抬起头打量了他一番，面无表情地吐出两个字："可以。"

"这个皮夹见过吗？"警官将手机放到茶几上，向庆潮展示照片。

"见过。"庆潮回答得很干脆。

"这两个人见过吗？"

一男一女，形容憔悴，染过的头发乱蓬蓬的。

"见过。"

"说说看吧。"

庆潮把前天晚上几点钟在哪儿拉上这两个乘客，沿着哪几条路线走了几遍，最终在哪里把他们放下来的，一一说明。

"有没有发现这两个人在你车上有什么异样？"

"没有。"

"你们有交流吗？"

"也没有。"

"他们怎么说你说了不少话呢。"

庆潮一愣，他看见以鸣也看着他等着他解释。他有点儿怕了，感觉心脏冲到嗓子眼，他担心他们听到他心跳的声音。

庆潮喉头一咽，像是努力把心脏吞回去。

"我一个人自言自语，我还以为这不算交流。他们也没回话。我们出租车司机，开了一整天车了，到半夜有点儿无聊，就一个人在那里胡说八道。"

"你也没有回头看看他们在干吗？"

"哎，警官，我们司机只管开车，安全第一。再说了，一对小年轻，我也不好意思往后看啊！"

小孙警官轻"哼"了一声，"你跟他们说了点儿什么啊？"

"这怎么记得？就是自言自语。"

"我提醒你一下，他们说你一直在说你儿子。"

以鸣还想了想庆潮有没有别的儿子，当他发现庆潮一定是在跟这两个看样子已经成了犯罪嫌疑人的陌生人说他的时候，他有一瞬觉得被冒犯了，但更多的是不解。

"有可能，我们司机，到了半夜胡说八道。我看他俩跟我儿子年纪差不多。"

"你看得挺仔细——你几岁？"警官问以鸣。

"我三十。"

"嗯，这两个三十岁不到。"

以鸣觉得警官说话间有种无所谓的态度。

"上车的时候看了一眼。这两个人到底怎么了？"

"我再问你一遍，请你配合我们的调查。"小孙警官正色道，"你有没有发现这两个人在你车上有什么异样。"

庆潮低下头，使劲想了一会儿。

"没有。"

170

"这样吧，我告诉你，这个皮夹是这两个人偷的，这两个人是惯犯了，昨天在酒吧实施盗窃的时候被人抓到送过来的。他们交代说前天晚上偷了皮夹之后，在酒吧后面买了毒品。"

以鸣朝庆潮看了一眼，庆潮回应他的眼神，可惜他们谁也看不懂对方是什么意思。

"他们交代药片是在你车上吃的，你坐在这里好好回忆一下吧。"说完，小孙警官收了纸笔去鼓捣电脑了。

剩下以鸣和庆潮坐在沙发上。

"我真的不知道。"庆潮小声地跟以鸣说。

在用手机反复查了数个关键词之后，以鸣认定这不是一场正式的问讯。

"别担心，应该没事。"

"真的？"庆潮像是得了根救命稻草，急着要以鸣确认。

"想好了没有？"年纪大的警官放下手里的活，坐在办公椅里转过来问他们。

"真的，警官，我真不知道他们吸毒。"

"那行吧，来签个字。"年纪大的警官招呼小孙警官拿笔录过去，自己点了根烟，朝窝在沙发里的庆潮抬抬下巴，问，"现在出租车生意怎么样？"

"不好嘛。我们也难。"

"你看你们罢趟工，也不容易，我们也不容易。你们好不容易跟政府谈妥了，结果呢，网约车出来了，都白忙了一场。"

让这夜晚继续

"嘿嘿,就是。谁能想到?早知道就不去了。"庆潮摸摸光头,认输。

年纪大的警官站起身来,在送庆潮和以鸣出门之前,他递给庆潮几本禁毒宣传册:"回去跟你的弟兄们把今天的情况说一说。搞好治安,对你们自身也有利。"

"好的,警官你放心,我们出租车还是最正规的,一定好好学习,警官也要相信我们。"

以鸣担心庆潮说得太多,拉着他赶紧离开了派出所。

庆潮没有恪守退休后再也不开车的誓言。他在杭州开了半个月的车,以鸣请他来做陪驾。以鸣的车也是庆潮陪他去二手车市里挑的。在杭州市区里开车真是费劲,虽不爽,但庆潮挺高兴自己还有点儿用,开车这件事,他可是权威。以鸣和妻子领证那天,思芹和庆潮都还在杭州,大家一起在外面吃了顿饭。那天以鸣还是叫他"阿叔",儿媳改口叫他"爸爸"。去杭州的时候,庆潮把家里的两条金鱼装进保鲜袋里带了过去,以鸣给它们买了个玻璃鱼缸,搁在新房的装饰柜上。

办婚宴是半年后的事了。庆潮没有想到现在结个婚是这么麻烦的事情,事先申明自己只负责送请柬和开婚车。麻烦归麻烦,光荣还是光荣的,他自己这边的亲戚朋友,该请的和不该请的都请来参加婚宴,因为送请柬又喝了好几场酒。

去给庆潮的师父送请柬那天,思芹本来要跟他一起去的。

"你去干什么？"

"你别赖在人家家里喝得烂醉。"

"这点儿分寸都没有，怎么开得成几十年的车？再说我一去，我师母就招待我喝酒，对我好着呢！你去了又要扫兴。"

吃完晚饭，庆潮带着请柬偷偷溜了出来。说是师父，其实只比庆潮大五岁。庆潮学了车，回到厂子后就跟着他，下岗以后也是两个人一起跑大货车。后来货源断了，他俩也跑不动了，才各谋生路。

师母开了门，师父正看着电视自斟自饮。酒友相见，两人会心一笑。师母给庆潮上了一副碗筷和一小盅药酒，嘱咐他俩慢慢喝。

"一直没问你，出租车买了没有？"

这个问题庆潮已经回答过好多遍了："胆子小，还是没买。"最终还是没能拍拍胸脯说"我自己有辆车"，庆潮多少觉得有点儿遗憾。但只是一口气而已，又不能当饭吃，万一亏本了，还要被人当作傻瓜。

"也好，听说是便宜的，但我们这个年纪，没必要去冒这种险。"

"儿子也是这么说。"

"总算车子也安安全全开到结束，孩子的大事也要办了。"

"是啊，总算安安全全，我们两个人还是命大的。"

"怎么不是呢。哎！你给她讲讲我们那年遇到强盗的事情。"师父突然起了兴致。

"什么强盗？"师母坐在躺椅里，拿着遥控器，嘴里嘟哝了

让这夜晚继续

一句。

"真没跟你说过？你看，"师父一拍大腿，"当时不敢说，后来忘了说了。庆潮你来说。"

"我想想。"

"真的，那一次，幸亏庆潮脑子灵光。"

"那次运彩电，看到一块牌子，上写：'国道封道，就绕道走乡村公路。'我开着车，走了没几里路，车灯照过去，一公路全是人，山坡上也都是人。带头的站在公路正中间指挥，扛着铡刀。刀刃磨得雪亮。"

"真是铡刀，村子里切草的铡刀。"师父比画着给师母解释。

"老子算算，一卡车的彩电，每台五千块钱，装了四米高，只要一慢下来，横竖都是死路一条。"

"哎！"师父惊魂未定般赶紧给自己灌了一口酒。

庆潮也"刺溜"又抿了一口药酒："那个时候老子还三十几岁，小孩才五岁，怎么办？老子大灯一关，一路加速，快到的时候一脚空油门，发动机'轰——'，响得不得了，照着人就冲过去了。那些人全吓跑了。后来发现车上还挂了件衣服，不知道是谁的。"

"声音冲天响，都是被声音吓跑的。"

"总算闯过去了，人肯定没有轧到。"

"没有轧到，肯定没有轧到。"

"急中生智啊，五千块一台彩电呢！"

"闯过去之后又拼命逃，一条砂石路，货装得又高，一路上摇摇晃晃，像坐在船里，我在旁边喊着他，'庆潮你开慢点儿呀，开慢点儿呀！'"

"后面还跟着一辆上海货车。司机是个上海小青年，带着女朋友。他紧跟在我们后面冲了过去，跑到国道旁边一个饭店前面，跟我们一起停了车。'师傅，这次全靠侬了，全靠侬了！'下了车，他拼命跟我讲。要是他开在我们前面，大家都要完蛋。"

"是啊，小青年吓死了，'全靠侬了，全靠侬了'。庆潮，你还记得那顿饭谁付的钱？"

"是那个小青年嘛。"

"嘿，是那个上海小青年请的客。"

师母摸着胸口，呆呆地看着面红耳赤的两个人。

"我们两个人命大，运气好，总算安安全全开到结束。还有一次，还有一次也危险啊！"

师父竖起筷子让庆潮先打住："你让我想想……你要说下雪天在福建那次是不是？"

"对。也是冬天，雪比今天大得太多，简直是雪灾，我们两个人开到山顶，再也开不动了。没办法，只好在驾驶室里躲了一夜。"

"再开，轮胎一打滑，下面就是万丈深渊了。"

他们醒来的时候天空已经放晴，眼看着雪正在融化，师父有点儿怯，把驾驶座让给庆潮。庆潮记得车开到山下，他两条胳膊都脱了力。他想到下次见到以鸣时一定要告诉他，要是车开在山路上，千万不要去想深渊是什么样子。

余　生

　　余维喜欢这间茶室，厅里暗沉沉、冷清清的，自己坐的那块地方又是明亮的。这里是他找朋友推荐的。他对朋友说："我看了三个女孩子了，每个都谈不成。谈不成的地方，我都不想再去了。"朋友说："你这样是不是也算一种洁癖？茗堂你去过没有，地方可以，消费高一点儿。""高一点儿就高一点儿，"他回答朋友说，"我现在有钱了。"自尊还是自嘲，讲出来之后，他自己也辨不清了。他期待今天的这位女士能和他谈下去，他还想再来这个茶室，也许和她一起。以后可以经常来。

　　这位莫女士比之前三位的年纪都要大。他跟介绍人说："不要再给我介绍小姑娘了。二十岁出头的小姑娘都是过来随便看看的，不看白不看，高高兴兴吃趟茶。"莫女士三十四，比他小六岁。以前耽搁了，现在诚心想要找个人过日子。介绍人是这么说的。帮他介绍这一个的时候，介绍人有点儿不耐烦。他心里很抱歉，一开始是他自己跟她说，年轻点儿也没问题。

　　人还没来，他坐在灯光下，伸出手碰了碰自己的胡子，新长出来的胡茬稀疏而疲软。他又用手指尖贴着腮帮子摸索了一遍，那些没有长出胡子的毛囊，它们大概都死掉了。茶室里很安静，余维感觉到这一次的自我厌恶来得很温柔，他没有一下子就去断绝氧气和光的负面。一个多月前，他去医院植了络腮胡，是广告做得最多、收费也相对要贵的那家医院。这是他拿到遗产后暂时挥霍计划的其中一部分。他的脸，他知道没有什么出挑的地方，但如果蓄起络腮胡，就会有型得多。下一步就是搭配好发型和服装，整个变成另外一种人，讲究的、有个性的人。可已经一个多月了，理想中的络腮胡还没有形成，彻底改变形象的计划也要暂时放一放。因此，他还是穿着普通的格子衬衫和牛仔裤，和任何别的人都一样。他指望着莫女士能够体谅他。

莫女士被茶室的服务员引过来。她戴眼镜，照片上是不戴的。她普普通通，也算不上清秀，没什么惊喜，正好给余维一点儿信心。她坐下来，他们打了招呼，点了茶。莫女士说她喜欢这间茶室，经常来。

余维注意到那位女服务员，她长得美，穿着暗红色的长袖长裙，是改良过的汉服，很合体，斜绑着的发辫搭在肩上。她的目光从不落定某处，像是为了避开旁人的眼光。他猜她是在这里做兼职。

"这里的服务员蛮优质的，大多是旁边大学的学生。"莫女士微笑地看着他说。

余维尴尬地点点头。

"余先生是做机械的？"

"嗯。你常到这里来？"余维觉得自己在事业上没有什么优势，因此不想多提。

　　"是啊，跟朋友聊聊天，或者自己来这边坐坐，看看书。"

　　余维有点儿害怕她问自己平时都做什么，虽然他好像对她也没什么感觉，第一眼就知道了。

　　"余先生平时都喜欢做些什么？"

　　"健健身，打打游戏。"

　　"噢……"

　　余维讨厌这种感觉，莫名其妙地好像低她一等了。这些自以为有追求的女人，觉得自己掌握了生活的真谛。她们不懂，打一场游戏不比读一本书更简单，她们也不懂他在游戏里遇到的人比她在这个茶室里遇到的人，以及她本人都要有趣得多。之前那三个女孩里面倒是有一个玩游戏的，但她说余维年纪这么大还在打游戏很奇怪。余维是想好了要打一辈子游戏的。

　　"这段时间我在游戏里面遇到一个人，说起来倒是蛮有意思的。"

　　莫女士表示愿意洗耳恭听。

　　"这个女的，她说她是女的，但我们都怀疑她要么是伪娘，要么是变性人。"

　　"伪娘？"

　　"就是异装癖，男扮女装。她说自己是中德混血，家里是土豪，开一辆卡宴，钢琴英皇八级，明年就要去德国读书了。"

　　"听起来像是网络红人。"

"她发给我们的自拍和车子的照片，我们都去查过，还真不是从网上扒下来的。不过我们要跟她视频，她不愿意；让她说两句话，她又说感冒了，发不出声音。"

"你们是谁？"

"我和打游戏的朋友。"

"和你一样大？"

"二十几岁的，三十几岁的，都有。"

"这个人会不会是骗子？"

"她没有骗过我钱，还送过游戏装备给我们。她说就是想让我们陪她玩玩游戏，过段时间她就要留学去了。不过我听说她在别的区问别人借钱什么的。"

"你有她的照片吗？我帮你看看。"

余维没有想到莫女士真的来了兴趣。他虽在手机相册里存了这个"女生"的照片，但还是打开聊天记录，翻出照片来递给莫女士。

"蛮漂亮的。"莫女士拿着照片端详，"不过也蛮像你说的那种，伪娘，好像能想象得出来她穿男装的样子。"

"对吧，我也有这种感觉。"余维拿回手机，"游戏的圈子里各种各样的人都有，蛮有趣的。"

"嗯……倒是真的挺有趣的，像是手机推送的新闻里发生的事。"

她的善解人意应该不是装的，但余维也能感觉到她的努力，

让这夜晚继续

她说出"伪娘"这个词时因为生疏而显得生硬，就像余维的妈妈在说网络用语一样。到目前为止，交流得总算是顺利。他想起介绍人说的，她是有诚意的。

"你平时看些什么书？"

"什么都看，小说什么的，最近又看了《巴黎圣母院》，年初刚去过，就把小说再看一遍。"

"好像小时候在电视里面看过电影，《钟楼怪人》是吧？"

"嗯。你还记得电影的结尾吗？小时候看卡西莫多抱着埃斯梅拉达，觉得很感动。现在再读一遍，心里觉得很不舒服……"

他不希望这段话太长。小说，比游戏更加不真实。女人真是奇怪，他猜她在生活中比自己要成熟和务实，才能一个人过得体体面面，又愿意在相亲中迎合他。但同时她又会对一个小说那么认真。而他觉得自己作为男人是很现实的，但也没现实出些什么东西来。这样一来，余维觉得自己确实配不上她。

"听说你一个人过？"莫女士及时地结束了上一个话题。

"是啊。之前是和外婆一起住，后来她去世了。"

"噢，介绍人跟我说了。老人家去世不久吧？"

余维不知道自己应该做什么样的反应，是假装悲伤还是假装轻松，他也不知道为什么不管什么表现都像是在假装。介绍人既然告诉了她这个，应该告诉了她，他因此拿到好几处房产，总价值不菲；应该也告诉了她，那是因为他照顾外婆多年，这算是他作为相亲对象的两个最大的优点。

"老人摔过一跤。后来的几年，生活质量是谈不上了，也是解脱。"

这样莫女士就不必表示悲痛和关心了。

"也是啊。你大概也是因为照顾她耽搁了吧。"

"那倒不是……我嘛，前几年条件也不成熟，呵呵，这样也算是吧。"

莫女士忍不住露出了惊讶的表情。"唉，这样的事……"她低头端详起茶盅里的水来。

余维起身结账。付钱的时候，他感到一阵快意，他想要习惯这样的消费。

他们一起出门时路过一面靠在角落里的镜子，在一张陈设茶具的古旧桌子后面。余维瘦，有种像是尚在青春期的颓然，勉强生出的那点儿胡子，在脸颊上显得有些滑稽；莫女士结实，端正，脸上泛光。余维觉得他们看样子是不配的。

余维问莫女士去哪里，又指了个相反的方向，说要去办点儿事情，就此道别。

这一次余维已经坦然了。见第一个相亲对象之后，他还计算着不能太快见第二个，否则显得太着急，没诚意。现在他没有那么纠结了，特别是莫女士那样的人，应该也是实际的。他想她应该完全可以理解他，就径直去找顾琬了。

顾琬开的美甲店就在附近，他从她的朋友圈知道的。她家应该就在店铺楼上，他以前送她回去过。自从偶然间加了微信开始，她的头像就一直是彩色指甲的图片。余维的记忆里，还是她二十五六岁时的样子。

店里三个美甲师一字排开，戴着口罩低着头，面前都坐着客人。余维站在店面门口的台阶下，不知道哪个是顾琬。这几节台阶成了他的障碍，台阶很高，他需要抬起脚来跨上去，每一步都含糊不得，因此，如果他一脚一脚地踏上去，店里一定会有人抬起头来看他。

他掉头走了。一个短卷发的女人从墙边的沙发里站了起来，这让他心跳加速——应该是顾琬她妈。他在逃跑，又不得不控制自己的步伐和手臂的摆动，他感觉她正站在店门口审视着自己。

一阵疾走，等确定走出了她的视线范围后，他背上已经出汗了。

他拦下一辆出租车，坐进去，这时他妈打来电话，他接起电话，听到自己的声音是慌张的。

他妈问他今天相亲的事情。

"不行，没感觉。"

"我就说岁数太小的不行。"

"这次这个岁数不小了。"

"那为什么呀？"

"就是没感觉，不是一路人。"

"不是一路人这种怎么说呢……唉！我跟你说，我和你叔叔今天去看房子了，看中一套。"

"好，我请你们吃饭吧。"

"用不着。你要是愿意的话就来家里吃饭？"

"今天不去了。"

在买房子这件事情上，妈妈完全没有必要对他有所顾忌。她和那个他管他叫作"叔叔"的人在一起已经十几年了，也该有套自己的房子了。外婆走了，她再也不能提醒妈妈"小心被人骗了"了，甚至在她快死的时候，用那缺乏生气的、颤抖着的机械般的声音，不断地重复着，不辞辛劳地警告她。

前几天，他妈曾问过他："我和你叔叔想去买套房子，也不用很大，够住就好，给你留一个房间。房产证上，两个人的名字都写。现在就是想问问你有什么意见。"

他没有意见，也没有细问。他不知道他们如何分担买房费用，反正妈妈是从来不在乎吃点儿亏的，余维觉得她可能还有点儿乐于吃亏。

他得到了外婆留下来的房产，两处住房，两处店铺，比他妈得到的多得多——她只得到了存款。外婆在去公证处公证遗嘱之前对他说："你妈，我就把钱留给她，她要跟别人分，就分，我也没办法。但是你，你要有点儿脑子。你比你妈有脑子。结婚这种事，是不能随随便便的。"他现在应该要感谢外公外婆一辈子的精打细算。这些钱对于他来说是够了，一辈子都够了。他妈也不需要更多。不甘心的应该只有外婆，一生经营，最后只能放手给两个让她失望的人——她的独生女和她的独生女的独生子。但她到最后别无选择。她常威胁他们要捐掉，但大家都知道那只是一句空话。

班还是照样上；卖掉了一处住房，是外婆和他曾经住过的那套，他在里面住了六年，外婆喊他去的，她说自己需要人照顾并养老送终，这些都是写在遗嘱里的；然后完成愿望清单。余维目前是这么打算的。他的清单很简单，换个形象；买一只大狗；买一批游戏装备；如果需要的话，就装修他正在住的一套房子，但目前并没有必要。不急，如果他能活八十岁，那还有一半的人生呢。旅行不包括在清单内，飞到巴黎要十二个小时，他光是想一想就感到疲倦。

又一次相亲失败，余维也说不出有多失望。但上了楼，走进这套他还不熟悉的房子里时，他感到格外的空空荡荡。

这套房子曾经租给一家四口，半年前他们买了自己的房子，搬了出去。他们是这里最后的租客。

三室一厅，对他来说太大了，以后结婚也够用了。

防盗门内侧猫眼的位置贴着一张明黄色的正方形便笺，写着"水杯、眼镜"，是大人的字体。之前住在这里的小男孩一定是很容易落下这两样东西，所以他的爸妈或者奶奶写了这张便条贴在门上，以便他每天去上学之前能看到。

他住进去一个月了，还没有把那张纸撕掉。那男孩肯定住在朝北的房间里。墙上贴满了《海贼王》的海报。余维试着撕了一下，发现是用双面胶粘上去的，恐怕撕不干净，就随它们留在那里了，反正他也一直在追《海贼王》。

他妈告诉他找到对象之后再添家具，省得麻烦。客厅里现在只有简单的一桌四椅。他站在进门的地方看着客厅，脚下踩着那家人留下的地垫。他刚搬进来的时候地垫还是干净的，现在颜色已经浑浊了。他走到桌子前，坐下来，刚才的那次逃跑让他疲惫。

余维约了顾琬。相亲结束，至少是暂告一个段落，他告诉介绍人，自己想先缓一缓。介绍人说莫女士对他还是满意的，请他再考虑考虑，而且双方年纪都不小了，条件也都不错，以后一起过日子，实实惠惠的。余维听了之后有点儿惭愧。

顾琬一开始回应他店里走不开。余维以为是托词。但顾琬又告诉他她非周末才有时间。终于在恢复联系后的第二个星期三，他们约好了出来。等待的日子里，种植的胡子也终于从毛囊里挣脱出来，长成密密匝匝的样子，只是轮廓仍旧不大自然。因为设计得不够宽，没有他一开始设想的沧桑汉子的效果，反倒有点儿奶油小生的味道，但也只能这样了。他给发型师看了某位雅痞大叔型男演员的照片，照样修剪了他蓄了很久的头发。他又换了一套护肤品，购置了几套颇有设计感的衣服。有一家卖冷色调棉麻男装的店，他一星期去了两次。他克制住没有买网上推荐的男士香水。那样就太暴露了。每天他看着镜子，都劝说自己相信这才是真的他。

他翘班出来。主任对此睁一只眼，闭一只眼。主任对他的态度比以前好多了，有点儿平等待他的意思。是不是认为他既然那么有钱了，工作上偷点儿懒也是正常的？

星期三下午，店里没有什么人，顾琬主动联系了余维。这十几年里，顾琬不止一次地想到过他。如果诚实地说，是想到了很多次，多到数不清的次数。刚分开那几年里，她每天都会想到他，到后来明明没有感情了，但还是会突然想起这个人。她从没想过他会再联系她，因为她从来不觉得他们俩之间有什么深刻的联结，他们之间没有爱情，这个她是确定的，那么，其实他们并没有必要回过头去接上断掉的人生。

当余维联系她并多次说有时间出来坐坐的时候，她觉得没有询问他是否已婚的必要。他必然是还没结婚，他是结不成婚的。不知道现在是山穷水尽了，还是难忘旧情。

她收拾好包，站起来，跟她妈妈说要出去一下，忍住没照店里的镜子。

"跟朋友约了？"

"嗯。"

"约了谁啊？"

"你别管我。"

"是不是那个叫余维的？"

顾琬不知道她妈为什么总能以最精准的角度激怒她。

"你翻我的手机？"

"谁翻你手机！我是偶尔看见你们在聊天。"

"你别管我行不行？"

"我怎么管你了，我又没说让你别去。"

怨恨在身体里升起，她无法再朝外面多走一步。

"我听说他现在条件蛮好的，他外婆过世了，遗产基本上都留给他了。"

"不去了。"顾琬把包重重地砸在沙发上，一屁股坐了下去。她早就对她妈绝望了，到现在，她还是没有一点儿做家长的长进，不愿为她用掉一点儿同情和智慧。她愤怒，又想哭。店里雇的美甲师燕子抬起头朝她俩瞥了一眼，又低头继续玩手机。

"怎么突然就不去了？"

"你存心的。"

"我存心什么了？我就是随便说说的。"

"你别想控制我！你要是觉得好，我就不去了。"

"行了，我错了。"

"你去调查的？"

"怎么可能！这件事又不是只有我知道。他妈妈的小姐妹告诉我的。"

"我反正不会如你愿的。"

"我错了，你的事情以后我绝不干涉。"

"你保证？"

"我保证！"

顾琬听到了自己想要的答案，但还是坐着没动。燕子走过来把包塞到她怀里，拉扯她站起来。

"姐，有个客人发微信告诉我说马上到了，就是老盯着你要折扣的那个，你赶紧走。"

顾琬妈别过头去怒视着墙壁，不说话，这样在她就算是认输了。

顾琬背上包站起来，燕子帮她理了理风衣的系带。

走出店门的那一刻，顾琬自己也觉得很滑稽。一次次这样的赌气、争吵，再加上近四十岁仍未婚的代价，才有了现在这点儿自由和权利。她没有变聪明多少，只是学会了硬碰硬。

她不知道余维怎么想的。这是阔别后的再见，他们没有多聊，只是他约她出来，她说好，彼此都心知肚明的样子。她想他不会做什么多余的事，她想他不会变。她记得自己看不起他，在以前分开的时候。但她又喜欢他那样的人，不会付出多少，不会索取多少，你总不需要为不堪的收场而担心。他没有结婚，顶多变得更阴郁。但他现在有钱了，应该会开心一点儿。

要不是他站起来朝她挥手，她一定认不出他来的。说不出来的奇怪，似乎他整个人都是新的，但等坐到他对面，又发现在一圈毛发的包围下，他脸上的神色依旧是那样，习惯性的散漫的脸，努力对她做出认真的表情。她一个恍神，以为回到了过去，每次见他之前都想象着他应该是郁闷的，却又看到他轻松的笑容。他长得不坏，皮肤细腻，没有多大变化。她真想把镜子从化妆包里掏出来，好确认现在与他相对的是不是一张写着无情岁月的脸。

"你还是老样子啊，一点儿都没变。"

"怎么可能……"

"真的。"

她摇摇头，结束了这个话题。

他们中间浮现出十几年的间隔来。她担心他们都会在彼此脸上看到一些心虚，她寻思自己没有经历什么不堪，但不知怎么，好像也无法理直气壮。

"你的指甲是自己画的吗？"余维问她。

她半握着拳头看自己的指甲，是黑色小猫的主题，背景是浅粉色的，每个指甲图案都不一样，是燕子帮她画的。燕子的活做得很细，请来的两个美甲师里，她只喜欢燕子，或者说只有燕子不让她讨厌。

"我自己没有本事给自己画。"

"挺好看的。我以为美甲就是大红大绿，再贴点儿钻。那种丑。"

"我们店里主要是画图案，我自己也不喜欢贴钻，干活不方便。"

"画图案要更费时间吧？收费也更贵吧？"

顾琬想了想，觉得这是个很复杂的问题，于是说："说说都麻烦，你不会感兴趣的。"

她看见余维愣了一下，然后笑着低下头喝饮料，努力在理应短暂的沉默中寻找新的话题。顾琬意识到自己在逼他。她禁止他做顾左右而言他的尝试，她期待着他直奔主题。这些年尽是这些不咸不淡的你问我答。

"这么多年，你我都还是一个人。"余维微笑着对她说，似乎这个共同点中足见他们之间的缘分。

她脱口而出："我爸妈那样的人，你也知道的。"

听起来是怨天尤人，但她急于把单身的责任推掉。她是个正常人，甚至是个不错的人。她愤恨于别人不这么想。她妈妈的那些朋友来店里闲聊，常常在旁边偷看她、观察她。偶尔有跟她相谈甚欢的，竟流露出意外的神色。

"你姐姐现在好吗？"

"离婚了，能好到哪里去。"

每一开口就更加不安，她分不清面前的这个人与她究竟有几分熟悉、几分陌生，只好再加以解释。

"我姐夫是脾气好，也做好了做上门女婿的心理准备的。但是像我姐那样的人，哪里会珍惜？生了孩子之后没几个月他们就离婚了，我姐没要孩子，觉得吃亏。离了婚之后，我妈天天拉着她算，把结婚时候记的账全翻了出来，算来算去就是吃亏。倒也好，不用愁再婚的事情了。"

"你还和他们住在一起？"

"还是那栋楼，现在我自己有一小套，在顶楼。美甲店就是底楼临街的店铺。"她还想尽量解释清楚，又说，"一开始算是我和我妈合开的。现在生意可以。我每年付她一点儿房租，这店是我自己的。"

"噢……这样很好。"

"嗯，自己养活自己。"

"我有天路过，看到生意不错。"

"你去过我店里？"

"有一天路过，你在忙，我就没有进去。"

他看见她了？那天她是什么样子？顾琬直视着余维看着她的眼睛，他对她说每一句话时，脸上都是近乎求饶的温柔。

"你呢，你怎么样？"

"我吗？还是那样。"

"你妈她们好吗？"

"我妈……这阵忙着找房子结婚。"

"她要结婚了？和我见过的那个吗？"

"你见过的那一个？那是哪一个？"

余维做出努力回忆的样子，然后笑了，顾琬也跟着他笑了出来。

"开玩笑的，就是那一个。他们两个很稳定的，从那个时候到现在了。"他听起来很欣慰，又说，"以前她也都是遇人不淑。"

以前他是不会这样维护他妈的，说起来多有怨气，遇到事情，比如到了适婚年龄却没车没房这种事情，总是怪他妈没脑子，从不经营。他自己也是从小跟着他妈，受了影响，而他没有什么印象的生父是个瘪三，可他妈后来偏偏又只遇得到瘪三。他

让这夜晚继续

是怎么评价他妈现在的伴侣的，顾琬记不清楚了，总之也没什么好话；又怪他外婆死抠到底，守着大笔的钱就是不愿意帮他一点儿。

每次说起这些事情，他表现出来的悲观近乎无赖，她觉得他是不适合跟任何人结婚的。

她害怕他的怨气，对此记得最清楚。她自己也怨，这样的两个人在一起总不免阴沉下去，不是好的选择。分开的时候，他们俩都说分开吧，也是理智的。他竟然会对自己说那些话，顾琬觉得不可想象，因为当时还年轻吗？他们正式约会也只有几个月，也许是同病相怜吧。

现在他们又都正正常常地坐在这里，顾琬想，他的表现比我好，我到现在都不能说出"以前她也都是遇人不淑"这样懂事的话来，好像一点儿长进都没有。

"我外婆走了。"他说。

"什么时候的事？节哀！"

"两三个月前。"

"唉，节哀！"顾琬总不免要联想到那几套房子，她感到不好意思，尽管她并不在乎。她知道他，十几年了，他这时候重新出现在她面前，他也会为此感到羞愧。她低头舀了一块余维给她点的香草冰激凌。

"我有时候会想，我怎么从来没有遇到过你，这么多年，在同一个地方。"她听到余维这样对她说，刚才吃进去的那点儿冰落在她心上，不是通常的凉意，是她勉强能默然禁受的刺痛。

192

她又听到他继续说："也不知道那个时候是为什么，说散就散了。"一直是稀疏的、苍白的，日与夜，没有说过放弃，却也不再努力了，但现在有人在她对面这样对她说，每个字都带来痛感，同时也有惊喜。

顾琬让余维把自己送到离家不远的街口，分别之后她一个人踱着步走回去。她想着他的话，心里泛起一种甜蜜的感觉，并不轻松，她想那是属于他们这样不再年少的人的甜蜜，虽没有办法雀跃起来，却能中和掉一些她体内孤独的苦。

一直到前几年，她妈都还会逼她去相亲。她自己不称心，也不愿意让她妈称心。如果她妈跟她哭闹，她也可以比她更激烈。她摸摸自己的手腕，那道疤早已看不出来了。当时也就是很浅地划了一下，做做样子的。她还是担心被余维发现了。他那样盯着她的手腕看。如果换作是她自己，也不愿意跟要死要活的人结婚。

他总不至于只是找我出来吃点儿东西。他毕竟说了那样的话。

接下来怕是等待、拉锯与辗转反侧，但也不用烦恼。他们都不再年轻了，她很在意这一点。可既然不再年轻了，就不必太多担心，得意一下也无妨，最差不过是像现在这样。他一定是变了，至少变得会说道了。还有他的胡子，他怎么想起来要去留这样的胡子？

只当是一场空也不要紧。

她痴痴地走进店里，懒得掩饰自己心里的震荡。她妈不在，

让这夜晚继续

大概是去做饭了。燕子抬头跟她打了个招呼。她看了看戴着口罩的燕子，又在镜子里看看自己。她问自己，如果要余维在燕子和她之间选一个，他会选谁呢？燕子低着头，丝丝缕缕的长发统一被缚到脑后，形成一个松散的丸子，露出宽大的脑门和被粉底染白的发际线。燕子年纪比她小，比她高大，但看不出比她年轻多少。燕子是外地的，虽在这里无依无靠，但人很能干，通情达理，讨人喜欢。她对自己皱皱眉，这无边际的遐想，竟认真地考虑起她们俩孰优孰劣来了，刚才自己口中是祸害的父母倒成了自己的优势。她发现自己正坐在店内的沙发上，有点儿慌张，似乎只要她一不留意，另一种生活的可能就会在外面啪啪关上门窗。

余维觉得顾琬没有变，她还是穿着正好遮住膝盖的裙子。那裙子本来应该看起来再短一点儿的吧，但顾琬是个小个子，穿上就变成了中裙，这一点，余维还是这次看见她才发现的。她长胖了一些，还是留着和以前一样齐肩的头发，有时从白净又丰腴的手腕上撸下一个带有蝴蝶结的发圈绑住，辫子只是一小揪。她和他一样，也一天天地过了这么多年。这次见面，她除了话比以前少，也没有别的什么明显的变化。他喜欢她那样的女性，不仅仅指她，还包括她这一类型的，这个他也是这几年才发现的。

"我呢，就是一只被关在笼子里的小鸟。"他想起她曾经对他这么说。有一次他们正在打电话，她姐姐为了找样东西突然闯进她的房间。从电话里传来凶悍的质问，余维无法理解。外婆和他妈说话，只是一贯的阴阳怪气，而他和自己妈妈之间最多是互相变得歇斯底里。他想象顾琬两手撑在床沿上，其中一只手掌下压着手机，眼神因姐姐的闯入而变得惊恐。

顾琬是他的高中同学介绍给他的。所谓"介绍"就是给他一个游戏账号，不管是一起打游戏还是谈恋爱，总之没什么不好的。余维没有问她还在不在打游戏。他担心这个话题进行下去的话，他会不小心泄露这几年自己谈的那些半吊子恋爱。这些女孩来自祖国的五湖四海，有一个差点儿来找他。那是个小个子姑娘，和他一样从小跟着妈妈，这几年一个人寄居在舅舅家。照片上的她虽然化着浓妆，但看得出有双大眼睛，面容可爱。他们一起打游戏，平时也打电话、发信息，这样谈了快一年。有一次他还应她的要求，把她的照片发到朋友圈并加上说明——女朋友。他妈什么都没说。他知道妈妈看见了，他知道其他亲戚也都看见了，关于他结婚的事情，既然帮不上忙，大家就都装作没这回事。这也没关系，他自己都没什么办法，比如说开源节流，或者结一个不需要房子和车子的婚，他不是那样的人，也没有喜欢过那样的人，甚至都不曾认识过那样的女孩子。

那女孩说要过来，他说"好啊"。那女孩说在看机票了，他说"好啊"。后来就谁都不提了。她大概换了个区，再也没见到了。

他希望顾琬知道他这次是想要结婚的，他从来就没有想过不结婚。他还希望她没有过惯一个人的日子。

顾琬回到自己的房间，接到了余维打来的电话。余维问她在干吗，问她在哪里。

她回答说自己一个人，在房间里。

"这几年，我一直在照顾外婆。"余维急不可耐地说，刚脱口，自己就被感动了。他不是要感动。他为此而懊恼，他希望她能懂。

"噢，很辛苦吧？"顾琬喉咙发紧。

"也不辛苦。一开始那几年，家里不用做饭，因为外婆她总是担心煤气泄漏。家务活也没有多少。她只是怕万一哪天她起不来了，没有人管她。

"药一直吃着，但外婆总是喊这里那里不好的。后来，她摔了一跤，不敢做手术，就躺着了。嗯，躺了两年多吧。

"吃喝拉撒，全在床上，虽请过几个护工，但她不信任他们，没有一个做得长的。"余维在这里停下了，他期待顾琬能说些什么，以免他在回忆的途中一路走向最黑暗的部分。顾琬感觉到了他的期待，但不知道怎样帮他："照顾病人真的不简单的。我爸生病那段时间，我是很怕去医院的。"

"家里比医院更可怕。"余维的脸颊贴着手机屏幕，有些发汗，他感受到手机的辐射正在侵害他的大脑，他甚至可以想象大脑中一个肉眼还无法发现的肿瘤正在慢慢地形成。他把手机移开一点儿，想想还是不大放心，就让顾琬稍等，顺手把枕头旁边的耳机拿来戴上。耳朵里重新传来顾琬那边空气浮动的声音，他突然被自己惊到了，这怕死的谨慎，他是什么时候继承的呢？

"更可怕，"他接着前面的话说，眼前出现他下班回到那套房子时，那拉着窗帘的黑洞洞的房间，似乎也闻到残留的消毒水和没有来得及处理的屎尿的味道，还有一种消沉的等待，但他不知道怎么描述给别人听，"家里就我和外婆，过了两年。她想说什么就说什么，常常一边叹气一边说，人啊，有什么意思。每次她这么说，我心里也全是怨气。"

顾琬渐渐掂出这个电话的分量，同时也有些害怕。

"你妈也会帮帮忙的吧？"

"她们两个处不好，见面之后互相要说难听的话，我妈还不如不来。实在没办法的时候，我才叫她来。"

还有，他妈已经不指望得到外婆的钱了，她宁愿轻轻松松地过没钱的生活。青春期的叛逆，一直伴随着她。

幸亏这一切都结束了。余维和顾琬同时想。顾琬心想，就听他说说好了，反正她不用去面对这些事。余维觉得只要他不再去想，不再去说，那就是真的结束了。

"接下来，我想要好好地过日子。"余维发愿道。

"那你真的也是辛苦了。"顾琬还是接着之前的话说。

挂掉电话的时候，天已经完全地黑了下来。余维躺在床上，并没有想象中的释然，尽管他说出了自己一直想说的话。不全是为了疗愈，还有提醒她，他现在的条件已经成熟了，她应该已经知道了吧。他感觉自己的身体仍是酸的，因为长期浸在封闭和不满里，但他谁也不怪，他妈也好，外婆也好，自己是这样的一个人，那现在躺在床上为自己而委屈几乎是无法避免的。但这已经是很好的结果了。他躺在自己的房间里，想着他现在住的这套房子的面积，还有每个月门面的租金，怎样都够了。它们让他觉得安全。六年，光是上班的话，肯定得不到这些。也许还要跟他妈翻脸，怪她疏忽，再怪自己还没出生时就进了监牢的父亲，何必呢？他摊开四肢睡在床上，只脱了鞋，没有拉窗帘。他住进这套房子之后，很少拉上窗帘。有银色的光照在他身上。管它是什么光，他把它想成是月光，他的孤独暴露在月光里。打了电话又怎么样呢，他还是觉得孤独。原来他是为了不孤独，才晕头转向地见了那么多人……他想起有一年不知跟哪个女孩一起在线上看电影，看完她问他："如果世界末日来临时，你家只有你有一张船票，你会怎么办？"他说："一个人多没意思，我才不费那么大劲去登船呢。"这是真话。她回："啊？"后来慢慢又不联系了——他们不是一路人。

顾琬无法入睡，因为自己没有回报给余维等量的真心。她又打回去，劈头盖脸地问："要是你外婆不许诺给你那些房子，你会照顾她吗？"

他迟疑了一会儿，顾琬在电话另一头发抖。

他说会，因为外婆老了，又一个人，很可怜的。顾琬信了他。她又问他："要是没有拿到钱，你会来找我吗？"他说："不会，没钱结什么婚啊！"顾琬被他感动了。

余维装修房子的同时，他妈也开始装修自己的房子。他陪她去看装修的进程，妈妈说："我可以在这住到老。"

她邀请余维同住在租的房子里，说反正也没有多少时间，将就一下好了。

余维的那套房子如何装修，拿主意的是顾琬，余维对房子装成什么样没有想法，不过具体的事由他来落实。顾琬的父母遭遇过大女儿的离婚后，对上门女婿这件事也没有那么执着了。他们对余维现在的经济状况有所了解，两个人私下里也说余维挺老实，不抽烟，不喝酒，不出去玩，想必也是节省的。说起这一点时，他们一面觉得庆幸，一面又有点儿不屑：大概是他外婆教他的，算计得很。为了重塑形象，他们很长时间里都没有跟女儿和毛脚女婿谈钱的事情，最后见女儿也不跟他们谈，就问了句："怎么来往？"女儿回了句："不来不往。"他们想了想，觉得并不吃亏，说："反正我们这里以后也都是你们的。"

顾琬去余维他妈家里吃饭，餐桌上，叔叔对余维说："努力努力还可以做爸爸，你妈还可以做奶奶。"

先是一阵沉默，每个人只听得到自己的咀嚼声。后来余维他妈开口："这种事不需要你说。"又改口道，"这种事不需要我们来管。他们自己会有打算。他们也是大人了。"

余维就此判断他妈是不希望他生孩子的。也许她自己在亲子关系里没得到什么安慰，那他也能理解她。

他看看顾琬，她神色无异。他们讨论过这个问题，他说不

让这夜晚继续

想要，顾琬也说好，他觉得她没有当妈妈的样子，应该也是真心的。晚饭过后下了暴雨，余维他妈挽留顾琬，没想到顾琬就真的留了下来，没有告诉家里。

余维想他大概是爱着顾琬的。他觉得他是怜悯地抱着她的，同样也怜悯地抱着自己。他觉得这应该就是爱情。

顾琬在这几年还是喜欢过几个人的。有一个是街对面连锁水果店的老板，听她妈说他生意做得很大。他偶尔来给店关门。顾琬也关门。他过来跟她聊天，说店铺的行情，问她要了电话号码。你来我去地发了几个信息，好像有一些希望。然后有一天他问她交过几个男朋友，都交往到什么程度。她说，也就这样，没怎么深入地接触。等回答完，她才发现人家是什么意思。再看自己的回答，她觉得怎么那么猥琐。但他好像对这样的答案很满意。顾琬想："他为什么希望我这样一个快四十岁的女人是处女，这太自私了！"自己竟然跟他进行了这样的对话。从那一条开始，顾琬不再回他的信息。然后她才发现自己也根本谈不上喜欢他，轻飘飘的，就没有了。他还是偶尔晚上来关店，就在对面，两个人装作不认识，心里也不觉得有什么别扭。又是一次不深入的接触。

现在她被他抱着，并不舒服，骨骼与骨骼之间迁就地碰撞在一起，她想她还是没有爱上他，但她愿意和他共度余生。也许他会改变，他也可怜，等到他们一起生活之后，他也许会变好，她也会变好。也许她后来会爱上他。

太晚了，她突然感觉到这点。她想起小时候养过一只青蛙，被她放到罐子里，过了大半天，她才想起来不应该盖上盖子的。她一直不打开，一直不打开，后来索性连罐子一起扔掉，这样就不用去面对里面那只已经腐烂的青蛙了。不结婚就不会觉得晚，一旦要结婚了，就这么清楚地意识到——太晚了。

她应该离开这里，离开父母。没有什么大不了的，她一定可以活下去。或者她一开始就打定主意不结婚，那样就不会感到生命被浪费。但一切都太晚了。她感到愤怒。她要直面这迟来的人生，被逼迫着。她用尽全力去抱紧余维，克制着哭泣。

"对了，我打算养条狗。"余维对她说。

她没有心思去回应。

"我喜欢大狗。"

他说的时候带着向往，他也让她感到愤怒。

"不要，我怕狗。"她说。

"好吧。"余维说。有些遗憾，但放弃好像也并不难，他想自己是要结婚了的，总要做出一些努力。

那天晚上，顾琬梦见余维的外婆躺在床上，死了，而余维怀抱着一只洁白蓬松的枕头，脸上是她所熟悉的、无可奈何的颓然。醒来时，她分不清这是梦，还是余维在他俩半梦半醒间告诉她的。但就算这不是梦，她也会帮他保守这个秘密。

余维在婚姻登记处暗自观察其他新人。大家心照不宣地保持着低调，但正在写字台填写单子的一对璧人仍旧掩饰不了满脸的神采，那么年轻。他猜想优越感使他们对婚姻有了更大的信心。这么想着，他也幻想别人会怎样来揣测他。他确信自己现在越来越有型了，蓄了胡子，又留了头发，也有过被人误以为是"搞艺术的"的经历。他可以凭这点来为他那明显偏大的年龄做无声的解释。"我有故事"，他这样给自己催眠。

顾琬知道自己迟到了，她因为纠结到底该穿哪双鞋而耽搁了，到了楼下又碰到一个熟客，拉着她说燕子自立门户的事情。

"生意有影响吧？肯定带走了几个客人。岁数这么点儿，一个外地人，自己的店都开了。外地女人太厉害，肯定有男人撑她的。要防啊！你看你不防……"

"说不清，希望她好。"顾琬希望她赶紧闭嘴。

"也是，"客人若有所思，"你也没必要跟她计较。"

顾琬笑笑，像是默认了她的说法，说了句要出门办事，赶紧走开了。

这个女人坏了她的兴致，让她有一种不好的预感。她已经迟到了，余维也没有给打她电话。在车上她又拿出手机，确认它并没有任何动静。到了婚姻登记处，她看见余维一脸淡漠地坐在大厅里，她尽量云淡风轻地走近他，可还是听见他问："不开心？"

"没有啊！"

"我看你不开心。"

"有吗？"顾琬反问道，又告诉他，"店里的一个小姑娘走了。"

"走了？"

"自己去开了家美甲店。"

"噢……哪个？"

"燕子，还在朋友圈跟我的顾客聊天，我也能看见的，不要脸吧？"

"哪个燕子？"

"你没见过，你来的时候她正好都休息。"

他们从窗口拿了表格来填，顾琬填错了身份证号，抬头问："这个写错能改吗？"

"最好还是换一张吧。"是她旁边的女孩回答她的。是很年轻的女孩子，笑容友善，漂亮得发光。顾琬没有当着她的面去偷瞄他的男伴，但她知道站在她身边和她一样穿着白色衬衫的是个戴着眼镜的男生，高大挺拔。那么年轻，看起来却一点儿都不糊涂，理应称心如意。她有点儿不好意思，像她的年纪，填个表格都填错了，不知道别人是怎么看她的。但他们也许会猜她和余维都不是头一次结婚了。如果他们那样想的话，她会感觉好一点儿。

一起填好表格后，他们各自进了婚检室。顾琬本来准备好了要脱裤子做检查，但戴着口罩的医生只是招呼她过去坐下，几轮问答之后，就在表格上签了字，连头都没抬一下。

"哎，医生，我还能怀孕吗？"

"能啊！去做做检查，没什么问题都能怀孕的。"医生回答说，听起来理所当然。

让这夜晚继续

顾琬觉得在这个小屋子里问这个问题很安全，也很方便。出了这里，她就不会再问任何人，甚至也不会再问自己。她不过想知道能不能而已。

在医生抱着绝对客观的态度询问余维的身体隐私问题的时候，余维想起了那个混血女孩，是彻彻底底的女孩，比照片上看起来要壮实，很年轻。和她抱在一起的时候，余维感觉有点儿力不从心。她上个月来找他，现在也许正在德国的家中准备入学考试。他没有办法拒绝她，她不是骗子。他告诉她他要结婚了。她脱下自己的项链，要送给他妻子。他把它藏在一个薄荷糖盒里。她走后的第三天，他们在游戏中举办了盛大的婚礼，他的战队的所有人都参加了他们的婚礼，并为他们祝福。顾琬到得那么迟，她总能看穿他的心，现在她在另一间小屋子里，也许也在想着自己的秘密。余维担心她会反悔。他在想自己是不是继承了人渣的基因，这是无法改变的。但如果结了婚，他一定会尽力保护他们的家，保护自己的婚姻。

然而没有人反悔，余维和顾琬正式结了婚。

你喜欢下雨吗

聚会前一天我在群里发信息问："你们介不介意我带个朋友一起去？"

安娜第一个回我："当然不介意，欢迎啊！"这次的聚会地点是安娜找到的，在远离公路的沙漠里，她跟着向导去过一次。

我又单独给安娜发信息说："真不好意思，这么晚才通知大家。我的朋友从中国过来，明天就要转机去土耳其了。"

她说："真高兴你有朋友过来，请邀请她加入我们这个小团体吧！"

也许我会感到抱歉就是因为，虽然以前组织活动的时候安娜也说过"欢迎你们带自己的朋友来"，但我还没碰到过有谁真的带朋友去的。我们好像在以此证明我们对这个小团体的满意和忠诚。

一个月之前，叶霜告诉我她要来迪拜，两天前她开始在朋友圈发各种"最高""最大"的地方的照片。昨天，她联系我说："明天见一面吧！"

我说："好啊！"我打算中午请她吃个饭。过了一会儿，她又发信息来说："明天可以在你那里蹭一晚吗？凌晨三点我就要去赶飞机了。"

她的话让我想起她以前紧巴巴的财务状况。说不定她早就有这个打算，要不然应该已经订好酒店了。

严格地说，叶霜只是我的前同事，我辞职之后的三年时间里，我们再也没有过什么联系，她甚至从来也没有给我的朋友圈点过赞。再往前算，我们也只共事过一年多，不过她进公司后的实习期是跟着我的，也不能说没有交情吧。想来想去我还是没有拒绝她。

三点过后，她来到我家，放下箱子后，我们急急慌慌地带上我为野餐准备的大包小包下了楼，一直到开车上路，才聊起天来。

我说我看她去了很多地方，又问她乘坐明天几点的飞机。

她说该去的地方都去了，明天她三点起来，到时候就不跟我说再见了，走的时候直接把门关上就可以了吧。

我说可以。我说其实那些"最高""最大"的地方去一次也就够了。我问她："你一个人出来的吗？"

"是啊！"

对，她以前就是以此为荣的。然后她提醒我，她只是来中转的。

她问起我的这些朋友。我告诉她："我们是在一个咖啡馆认识的，我们都去参加那里周三晚上的英语聚会。从去年开始经常周末也一起出去，一开始是去餐馆，后来去公园和沙滩，现在也会去更远一点儿的地方。这是我们第一次去沙漠。以前我们也经常说去哪儿聚聚，但总是只在嘴上说说，安娜来了之后就不一样了——你等会儿会看见她——就是有人会有动力，也有……魅力把大家聚在一起。和你有点儿像。"

她说："我？"

我们遇到了堵车，队伍排得挺长。这条路上严重的拥堵并不常见。有一次，在爬行了四十分钟之后，我终于绕过事故地点，看见一具烧得焦黑的车的残骸。那之后很长一段时间，每次路过那里，我都还会想起来。现在我又想起来了。

我转过头去打量叶霜，这动作一点儿也不自然，她也转过来打量起了我。

"你的头发什么时候染的呀？"我问她。刚才在我家一见面我就发现她的头发很醒目，现在在斜射进车里的阳光下，我看清了，她的一头短发整体是紫色的，还夹杂着彩色，特别是两鬓到脖子以上，是炫目纷繁的颜色。

"就是来之前。"

"你请了多久的假？"

"挺长的。"

"你还在原来的公司吧？"

"是啊！"

问这些也没有什么用了，我已经答应让她在我家住一晚了。

还好这只是一次普通的堵车，开过那个地上曾经烧出一个黑影的路口时，我跟她说，上次这里出了个事故，车烧得只剩一个架子。

"人怎么样？"

"不知道，第二天也没看见新闻报道。"

"不知道里面有没有人；有的话是谁，来自哪里，在这里有没有家人和朋友。是夏天吗？这里夏天太热了。"

"好像是吧。"

就是，四个月前，最热的时候。太阳晒着，我车里没有水，路过那具焦黑的残骸时我觉得我也快烧没了。

"这里下雨吗？"

"下，但很少。今年还没下，照理应该要下了。"

一个小时之后，导航显示我即将离开令人厌倦的大路，拐进从未涉足过的沙漠中开辟的小路。群里跳出信息，有些人已经到了会合的地点。阿赫迈特发来几张图片，那个在地图上只显示经纬度的汇合点上黄沙一片，五米开外是一块路边指示牌，再过去是由小路分开的另一边的沙漠。看到那些图片我才发现，黄昏已经迫近了。

车开上了小路，沙漠失去形状，化作无边无际的黄昏，迎面的车辆仿佛都从世界的深处驶来，匆忙、静默而有共鸣。我们迂回着向前，直到路边出现了指示牌和正向我挥着手的朋友们。

安娜几乎是在舞蹈，她嵌在高大的阿赫迈特和高挑的乔琪雅中间，手向天空伸着，整个身体仿佛被那只手牵动起来，拉扯起来，将要离开地面。我下了车，安娜拥抱了我。这是第一次我们以拥抱作为见面的问候。然后我想到叶霜还在我后面站着。其实我何必带她一起来呢？我只要给她提供一个睡觉的地方就好了。

"这是叶霜，我以前的同事。"

"你们好！我是叶霜，我从中国来，明天去伊斯坦布尔，我是来中转的。"

还好她的英语够用。不出所料，阿赫迈特接过这句话头说："我们都是来中转的。"并第一个向她伸出了手。

大家也纷纷笑着跟她握手说："是啊，我们都是。谁不是呢？"阿赫迈特刚才那种乐观的语气让我猜测他移民北美的手续应该办得挺顺利。在认识他的三年时间里，我曾听他用各种语气说过这句话——"我们都是来中转的"。

这并不意味着他很快就会离开我们，他说过那里冬天太冷了。我们所有人都会离开这个地方，有些去往下一个目的地，有些会回到自己的祖国。"人们来了又走"，我也是，不是现在，也不是最近，但总有一天会的。每个人都知道这一点，它让我们频频问好，相互鼓励，欲言又止。

等到人来齐了，安娜招呼我和叶霜坐她的车。我才发现我的小车无法开进这片沙漠，到达我们最终的目的地。

我和朋友一共七个人，都是单身，加上叶霜是八个人。以前也有夫妻和我们一起聚会，但渐渐分了流。我知道真纪一直在组织着结了婚但没有孩子的人的聚会，那结了婚又有孩子的人也许会有他们自己的聚会。

让这夜晚继续

乔琪雅说，这样也好，一个人不管在咖啡馆里显得多么有趣，当他们带着自己的伴侣一起出现在周末的聚会上时，好像就没有那么有趣了。

我们绝大多数人不会像乔琪雅这样去评价谁。即使不指名道姓，我们也避免用否定的意思去评价哪个人或是哪个国家、哪种生活。我这样不仅是为了显示与这个城市相称的包容，还因为我确实说不清自己对哪个人、哪个国家、哪种生活是什么想法。乔琪雅去那个咖啡馆的时间比我们都要久，也许她已经厌倦了谨守礼仪。我喜欢听她说话。

我们也很少谈自己的私事，不过时间久了也会知道一些。比如阿赫迈特，除了知道他打算移民，我还知道他离过一次婚，姐姐在南美，哥哥在中国的义乌，他们的母亲几年前去世了。我不打算告诉他们我自己的情况，确实也没什么值得说的。不管是周三晚上还是周末，人多的时候，我们的谈话总是像一起参加英语口试，说家乡、天气、旅行、租房；人少的时候谈话更有趣，最近几次只剩下三四个人的时候，我们就"一切是不是早就安排好了的"这个话题争论到咖啡馆打烊。我和阿赫迈特总是留到很晚，我说"是"，他说"不是"。

但我们会谈别人的私事，那些我们觉得对方永远都不可能认识的人的私事。有一次说到消费观，我跟他们说，以前在国内工作的时候，有个新来的同事，很爱花钱，常常入不敷出，不止向我一个人借过钱，虽然数目不大，也都能还上，但是毕竟会让自己处境尴尬。乔琪雅说那都是因为网络太坏了，它总是骗你要变得更漂亮、更健康、更有趣、更与众不同，其实都只是在骗你花钱。我说，她可能就是控制不住自己。

十分钟之后安娜停下了车，我们跟着她走到她挑选的那片平地上。这里风没有那么劲，四周是隆起的沙丘，远远近近站着几棵瘦巴巴的树，树枝不多，如果砍掉并凑在一起，也不会有现在在沙子上躺着的树枝、树干多。安娜说，我们可以把那些捡过来生火。

安娜说，到了晚上这里可以看到很多星星。她说这话的时候，我们所有人正目送着最后一点儿落日。

这点儿落日并不是壮观的，只是一点儿火星掉进灰霾，渐渐熄灭。叶霜站在我身边，搂住了我的胳膊。这种亲昵太过突然，但她身上的暖意让我感到舒服。我没有预料到沙漠里会这么冷，只穿了一件户外用的薄衬衫。

"你冷吗？"她问我。她说她包里还有一块披肩。

我说不冷。我想提醒她，她的背包好像放在我车上了。

晚餐的时候，我在临时搭起的桌子边分冷餐，叶霜一直在烧烤架那边忙活。还好她还挺勤快。她以前在公司里也是这样，挺勤快，要不是因为借钱的事，我都可以说她很踏实。在工作方面，我对她挺放心的。但别的人不这么想。我和几个资历相当的同事私下里有每月一次的聚餐，有段时间我们总要聊到叶霜，有人提醒我要小心她一点儿。

"小心什么？"

"你们那些账目，还有你平时离开办公室时把包带上。"

"你说什么呢！"

他说："你怎么知道不会？"

我说，肯定不会，都不用说为什么。我当时确实那么觉得。我当时还觉得，因为我相信她，所以她就一定不会那么干。

冷餐里面我只吃了安娜带来的玛芬蛋糕。据她说为了这次聚餐，这星期每天都在练习烤蛋糕。她确实做得挺成功的。叶霜陆续给我送来了刚烤好的鸡翅、羊排、蘑菇，还有刚煮好的红茶。这里的温度对于其他人来说好像都不成问题，他们中有几个有备而来，穿得挺暖和。和我一样穿得单薄的人呢，也许是因为本身就来自很冷的地方，也许是因为常常健身和去户外活动——叶霜大概就是这样——总之他们看样子没有一个觉得冷的。

等到收拾餐具的时候，叶霜又问我，要不要去拿包里的披肩。

我告诉她，她的包好像是留在我车上了。

还没等我喊住她，她就迈过沙子上的一个隆起，走向安娜的车。

"怎么了？"安娜朝她喊道。她打着手电，扒在车玻璃上往里面看。

"找样东西。"

"没事，"我叫道，我可不想做个麻烦的人，"没事，回来吧。"

叶霜又走回来。

你喜欢下雨吗

"真的没带。要不要问问他们有没有多余的衣服？"

"不用，别管了，不冷，也快回去了吧。"

"神秘的中文。"安娜走到我们身边说。

叶霜一把抓起我的手说："你的手是冰的。"

我挣脱出来，希望她能明白在这群人里没人会这么干，像个小女孩似的突然抓住别人的手或者互相搂着胳膊。

可安娜也摸了摸我的手。

"我有一条围巾，但在她的车上。"叶霜说。

"我们去拿吧。"

我说，不用，没关系的。

安娜说，离结束还早着呢，而开过去就一小会儿。

叶霜简单的英文此时表达得比我要明确得多，她先是建议说她开车去拿，马上又接受了安娜说的，这边的路她不熟，还是她们一起去比较好。

我不停地张望着她们离开的方向，直到前方黑暗中再次出现两束起伏的白光，驶近，熄灭，她们两个再次走进我们用火把和各种灯光照亮的地方。

叶霜把披肩交给我。先接触到那种柔软轻盈的羊绒质地的是我的手心，随后它被我围拢在肩上。在这层庇护下，我拥着自己，摸到了披肩边缘穗上挂着的吊牌。

"是新的？"

"本来就打算送你的。"叶霜说着帮我把吊牌扯掉了。她说

让这夜晚继续

这是她在黄金市场买的，觉得好看，就想送我一条。

那买这条披肩的钱可以让她在酒店再住一晚了。我说"谢谢"，心里却觉得抱歉。

安娜招呼我们坐到篝火边上去。我和乔琪雅还有叶霜一起坐在乔琪雅带来的红色波斯地毯上，安娜搬了椅子坐在我们旁边，她的另一边坐着普拉克和利，阿赫迈特和尤里在不远处竖着火把的沙丘上抽烟。

夜晚和火光模糊了叶霜的发色，她的脸现在看起来很乖顺。她盘着腿坐着，眼睛一眨也不眨，像是为了容纳那团火焰在她的瞳仁里跳动。

我仰起头，缀满群星的天幕看起来就像专属于我们这八个人，星星从四面八方聚拢来呼应我们在地上制造的光亮，在更远的地方留下一片辽阔的静谧。

有那么一会儿，谁都没有说话，只听见木头的纤维在火里断裂的声音。后来利说她下个月要去沙特出差，普拉克和乔琪雅说起那里的风俗。这些事情我曾经听过不止一次，也还是认真地听着，偶尔给叶霜解释一些词。安娜坐在她的椅子里，照管着身边烤架上的茶壶，就像此刻这里安逸的女主人。

沙丘上的两个人踩着柔软的沙子走回来。阿赫迈特坐到我旁边说："你认识那些星星吗？"

"只有那七颗。"

我们对着天上指了一通，阿赫迈特说了几个我不太熟悉的词，叶霜和我"噢"了几声，我们说在网上查一查应该更清楚，但谁都没有拿出手机来。

尤里问大家："你们最近起床的时候有没有觉得嗓子疼，太干燥了，今年竟然连一场雨都还没有下过。"

乔琪雅说："那是因为你抽烟抽多了。"

我说："确实的，确实有点儿干。"

阿赫迈特说："你们喜欢下雨吗？"

乔琪雅说不喜欢，每次下雨都会很忙，航班会延误，就有很多乘客来改签他们的机票，改签的又延误，又有很多人来抱怨。

"所以一到下雨天，你们猜怎么样，有些同事就请一天假。"

"你说在米兰的时候？"

"对，在米兰的时候。米兰冬天有大雾，有一次我开车去机场上班，找不到出口，也看不清自己在哪里，只知道在环线上绕。我喜欢这里的冬天。"

阿赫迈特说："我喜欢下雨，一到下雨的时候，我们就在外面生火。"

"下着雨在外面生火？"

"对，在我的家乡。"他停下来用手里的木棍拨了火堆，又继续说，"我们家外面有个棚子，雨淋不到，雨就在我们周围下着。全家人坐在一起烤火，很温暖，就像现在这样。我们还用棍子穿着土豆和肉在火上烤。"

"看到我手上的疤没有，"他伸出大拇指来给我们看，在指

让这夜晚继续

甲旁边，有一个不明显的凹痕，"就在那个棚子底下，我姐不小心撞到我一下，我当时正在劈柴。"

"还好没断。"叶霜说。

"过了这么久还有疤，当时一定伤得很重。"

他点点头，说："我爱下雨。"

然后是一阵沉默，好像又回到了咖啡馆那张长桌边，我们都在等着下一个人的发言。

安娜说话了："去年的第一场雨你们都还记得吗？"

"第一场雨都差不多，会有人在雨里跳舞。"

"我们公司那栋楼的电梯坏了，所有人都得爬楼梯上班，三十多层。"

安娜继续说："去年下第一场雨那天，我下班后去家附近的超市。结账的时候，收银员用手指捻了捻我带去的布袋，帮我把东西装了进去，然后又捻了捻我的布袋。

"我跟你们说过这个收银员吗？有次我买苹果，她称重的时候搞错了价格。马上她就发现了，怀疑地看着我，问为什么不提醒她这不是特价苹果。我不是故意的，我只是不太确定。就是她。我在想我的袋子又怎么了，结果她笑了。

"她说，下雨了，一切都是潮湿的。"

她的微笑蔓延到我们嘴上。

"那天我走出超市，外面还有点儿小雨，那是真的生活。"

刚才她和叶霜没怎么商量就一起走过去开车的时候，我也想起这个词组——真的生活。有个房产中介经常在聚会开始之后很久才到咖啡馆，又急匆匆地离开。每次来，他都会给不认识的人发名片，但他不太记得人，我收到过两次他的名片。在那段短暂的时间里，他会尽量和每个人聊天。

第二次给我发名片的时候，他问我在迪拜感觉怎么样。我说挺好的。

"你喜欢这里的生活？"

"没什么好抱怨的，都很方便，只是这里的生活……"

"有点儿像一种假的生活对吗？看起来都好，但往下挖就没什么了。是这样，是这样的。"

他把我心里那种隐约的感觉说了个明白，然后看看表，走掉了。

我说："我也喜欢下雨。我老家经常连着一个月都阳光灿烂——有点儿像这里，但又不一样——在那样的天气里你都不好意思感到难过。"

阿赫迈特说："为什么？你为什么会喜欢难过？"

"没有人喜欢难过。"安娜说。

"没有人喜欢难过。"叶霜突然用中文把这话说了一遍。她看着我，我不知道我是不是也像她一样，身上映着火光。

"你说什么？"阿赫迈特问她。

"我说没有人喜欢难过。"

"怎么用中文说'难过'？"

让这夜晚继续

"难——过——"

"听起来真难过。"

我第一次和他们，还有叶霜，一起待到那么晚，但也是离开的时候看了时间才知道已经是半夜。茶早就喝完了，话似乎也是在那个时候就讲完的。我们站起来在周围捡了两遍柴火，直到再也没什么可捡，不再有火焰摇动，火堆还是通红的，我们逐渐向它靠拢，直到汲取完最后的热量，然后在沙漠上，傍晚的会合点，还有小路尽头一遍遍告别，直到分散在大路上。

"你不用准备礼物的。"

我也许会跟叶霜谈一谈她的消费，但我们之前从来没提过这件事，我也不知道她的现状怎么样，毕竟三年了，人是会变的。

"我自己也买了一块。一直想送你一个礼物，你走的时候也没来得及。"

我那时尽量走得无声无息，如果要告别，我一定又会觉得自己责无旁贷，必须得笑啊，说些积极的话啊，就像过去几年每次和大家在一起时一样。但我不高兴，我高兴不起来，怎么说呢，没什么值得说的。

"我看到的时候就觉得很适合你。"她伸过手来帮我整理身上的披肩。

"先别动。"

　　我应该走左边的那个路口的。导航上的路线由直线变成大弧线，刚才那七公里路白开了。

　　"挺贵的吧？"

　　"没有。我总想送你件东西，谢谢你当时照顾我。"

　　"是我的工作嘛。"

　　"不只是工作上。"

　　我想不起以前的我照顾过她什么。

　　"有时候我能看出来。"

　　"什么？"

　　"你难过。"

　　夜是不是和酒有一样的作用？我不会谈论它。但她可以知道，如果有人能看出来或者听出来，现在的我愿意让他们知道。

　　又走错了一个口，距离到家的时间从四十分钟跳回了五十分钟。我嘟嘟囔囔地抱怨着，看到一个加油站出现在了路边，就拐了进去。车不多，很快加满了油，我握着方向盘朝前挪了一点儿。

　　"你来开？"我终于对她说。

　　我和叶霜在便利店门口换了座位。她系好安全带，小心翼翼地把车开出了加油站。

　　她没有要我帮她看着路，我就索性坐着看远处的高楼。

　　"那边有栋楼挺漂亮的，像个水晶柱。"我今天才看清楚，那是因为它外墙的灯带组合成了棱面的效果，我从来没有接近过它，也不知道那儿是哪里，那栋楼是那一片唯一的摩天大楼，市

让这夜晚继续

中心的楼群在它背后更远的地方，"不过只能远看，近看一定很灰，白天我就从来没有注意到过它。"

"我也注意到了，过来的时候。"

"你现在在公司怎么样？"

"挺好的。"

"工资够花？"

"现在够了。之前有一次差点儿还不上信用卡。"

"什么时候的事？"

"两年前了吧。"

"后来呢？"

"后来还上了。下定决心，不能再乱花钱了。"

"能控制得住？"

"能啊！"

"那就好。"

"人是会变的。"她喃喃地说道，"你也不一样了。"

"哪里？"

在叶霜之前，也有同事来迪拜玩儿，找过我，是以前会一起聚餐的人之一，她也说我不一样了。我问她什么不一样。她说，出了国，人就是不一样了。

车在夜间的高速公路上继续前进，过了很久她说："以前你肯定不会说，阳光灿烂的时候你都不好意思难过。"

老家有逼着眼的阳光。也有雨季，雨水从天上落到心里，随着血液的循环继续流动。

我们在进地下车库之前换回了座位。

凌晨三点我的闹钟响了，叶霜还睡着，我起来，把她从沙发上叫醒。她整理东西的时候，我想起醒来前做的梦，我的梦里第一次出现了在这里认识的人。

下楼的电梯里，我对叶霜说："我开始梦见外国人了。"

"谁？"

"我梦到在沙漠里的小路上，外面灰蒙蒙的，不知道是雾还是沙，我载着乔琪雅，怎么也绕不出来。"

她没说什么。

有出租车在等着，叶霜坐上去，门一关，车就走了，我们只匆匆挥了挥手。我没来得及提醒她别把行李落在车上，她也没有再跟我说什么，也许还困着，也许我们再也不会说什么了。我在楼下又站了一会儿，挺冷，天气预报说雨水将要来临，也许就是今天。但这里的雨通常要下午才到，那个时候，她早已经在伊斯坦布尔了。

新　生

　　婚后，晴最大的感悟就是人和人是不一样的。不过就算懂得了这个道理，她还是没有放弃劝说以鸣经营一下自己的形象。

　　"不好看都没关系，"晴已经做出了妥协，"但是你的衬衫旧了，领子都塌了，别穿了。"

　　"我就没有看出来旧了。我就不懂还好好的，为什么不让穿了？"

　　"人靠衣装。你出门总要遇见人，人都是以貌取人的，你知道吧？"

　　"你也是？"

　　"我也是。"

　　"咦……没想到你是这样的人。"

　　"总之不要因为这些被任何人小瞧啊！"

　　"我就想做个渺小的人。"说完，以鸣背起双肩包出门加班去了。

　　从杭州到迪拜，以鸣一如既往，安之若素。在心里，晴已经认输了，但她还是时不时提醒着以鸣。万一哪天他自己领会了呢？

在认识晴以前，以鸣不是这样的。初高中的时候，形象对于他来说是顶重要的事。以鸣敞开校服，里面的T恤必须让人看出来是牌子货；不管晴天下雨，他骑自行车都得戴墨镜；他还教会了班里其他男生用啫喱水来做发型。

但高考之前，他突然明白了过来。尤其是寝室里那个三年都用塑料袋当书包的室友收拾收拾东西，转去省外培训机构准备出国时，以鸣发现自己就像个傻子，徒有其表，不自量力。

他怀疑对外表的追求来自他父亲那一支的遗传。他们都是这样的。叔叔追忆以鸣故去的父亲，总要说："我们感情最好，我每天帮他擦皮鞋，擦得锃亮。"父亲坚持每天都要穿皮鞋，叔叔给他擦皮鞋，因此可以借鞋来穿。

以鸣决心要战胜基因里的虚荣。他以简朴的形象开始了在杭州的大学生活。回想起来，根本不用压抑自己，因为他立刻就发现了，放弃对外表的追求就是卸下一重枷锁，甩掉一种负担。

另外，成年后的以鸣不再过生日。长辈们珍视他的每个生日，总要大操大办。那些铺张又热闹的场面，他从前越是感到理所当然，后来就越感到羞愧。他希望大家都把它忘记。

晴觉得他不必这么认真。没影响到谁，只是这些认真在他心里建起了孤独的角落。不过以前他不会那么轻松地说出"我就想做个渺小的人"这样的话。晴感觉到他的心渐渐地打开了些。

去公司的路上，以鸣接到母亲打来的电话。

让这夜晚继续

"他们让我问问你，你爸的建墓卡在你那里吧？他周围好多墓碑都换成花岗岩的了，你要换吗……你要给你爸爸换吗？"

"在我这儿。谁问？"

"你爸那边的亲戚。那天大家聚在一起，不知怎么就说起了。清明就要到了嘛！"

"不换。原来那个墓碑方方正正挺好的，换的话还得去敲敲打打。"以鸣想象换墓碑的场面，真是不得安宁。还不是因为别人换了，还不是因为虚荣。

"我想也是，能不动最好不要去动它。"

以鸣听得出来，母亲也不喜欢换墓碑这个主意，但她一定没有对他们说。

这种事到底有什么意义呢？以鸣要说，却又转念想到，如果没有意义，那他在意的安宁又真的存在吗？

他挂了电话，心里沉沉的。生死总是在他的心里，他常常在那里徘徊，试图弄个明白。

他知道自己太看重这些，为此而自卑。他很想做个不认真的人，拥有真正的自由。但后来他发现别人也都各自在意着什么，他们也正在苦于自己在意的事。而他可以缩到这里，在一个别人看不到的角落，拥有别人没有的东西。他在这里流连。

本科毕业的时候，祖母把父亲的建墓卡交给了他。

"这个责任就交还给你了。记得交钱。不付房租是会被赶出来的。"

于是以鸣健忘似的每年清明都拿着这个亮蓝色胶套小本子去墓地办公室问："要交钱了吗？"

办公室的人怎么说的，以鸣现在又想不起来了，他只记得管理费是十年或二十年一交，约莫就是今年了。想到这儿，他顾不上快要到站，查到墓地办公室的电话号码打了过去。果然是今年，不过只要在下一年清明节前交就行。他松了一口气。顺便，他还咨询了换墓碑的事。

周五是休息日，办公室里没有其他人，以鸣加着班，意外遇到了刚被辞退的印度同事库马尔，跟他一起来的还有他的妻儿、他的父母。

"我们来拿我的东西。"

从库马尔脸上，以鸣看不出什么表情。他和他打了招呼，心不在焉地坐回自己的座位。库马尔的合同在这周到期，公司不再续签他。在迪拜分公司待得久一点儿的中国同事说，那是因为总经理不喜欢他。据说库马尔几次三番和他争论，还当着别人的面。"他这一走，我就糟了，干活儿他还是很可以的。挺聪明的人，怎么就不懂这个？"同事幽幽地说。库马尔对他们说过他的签证快要到期了，如果不能及时找到工作，他们一家就只好都回印度去。"回去吧……也好，至少有个四季吧。"同事又说。

光是"四季"两个字，就让以鸣神往。那一瞬间，几千公里外家乡春天的甜蜜在他胸膛里荡漾开。他发现自己现在善于凭空

让这夜晚继续

感受，也许是单调的环境利于想象。有一天起床，他发现外面雾茫茫一片，近处的大楼和远处的电塔都消失在灰霾中。他想起小时候大雾的早晨，他沿着河岸走路去上学，雾气模糊了干冷的冬天，世界变得昏沉而安详。在客厅的落地窗前，他又闻到了沿河的人家燃烧煤炉的烟味。

库马尔带着一家人参观了办公室，转了一圈，走到自己的工位边抱起儿子，和平时一样昂着头，挺着胸，伸手指向远处的哈利法塔。他从容的姿态让以鸣心生敬意，以鸣坐在自己的椅子上，也挺了挺腰背。

库马尔拎起桌上的一个袋子，他的儿子搬起一个小纸箱，似乎觉得挺好玩。以鸣站起来，跟他们一起走到办公室门口，替他们开了门。库马尔谢了他，跟他说再见。

以鸣没说什么，跟他们一起进了电梯。送到哪里才是合适的？这样的疑虑还是会在他脑中闪过，但他真心想送他们，并不是出于客套。他很羡慕那些知道怎么自然地表达好意的人。离开国内分公司那一天，以鸣谢绝了一切邀约，告别已经够多了。坐在他对面的同事默默地等他收拾完东西，说要开车把他送回家。以鸣有点儿惊讶，这个同事五十岁出头，和他并没有什么私交，平时一到下班的点儿，他第一个站起来就走。晚饭时间，同事坚持把车开进小区，把以鸣送到楼下。

以鸣从小到大遇见过几个这样的人，只不过一开始他不懂别人的好意，后来又不懂得接受别人的好意。现在他懂了，还想像他们一样。他发现自己变了，他想到在他为自己已经过了三十岁而怅然时，国内分公司的陆总曾跟他说，前面还有长长的日子、大大的天。

在电梯里，小男孩抬头对爸爸说了句印地语。

"你自己问他。"库马尔拍拍儿子的肩。

"你可以帮我们拍照吗？"小男孩用英语对以鸣说。

"当然，我带你去几个地方，拍照一定很漂亮。"

刚来的时候，以鸣压抑不住心底的失望。那正是最热的八月。他把说迪拜有种科幻感的人视为知己——在世界末日，全球各地的人们来到一个并不适宜人类居住的星球，开荒拓土，根据最实际的生活需求集中建设。他常常坐在车里想象人们最初是如何强硬地在这片沙漠上建成了公路，然后指指公路两边说："盖房子去吧！"他不敢相信他就这样告别了钱塘江边的晨跑。

但此刻，他发现还是有些景致映进了他的心里。他带着他们走到一楼户外的水池边，周围棕榈树环绕，远处阿联酋大厦的两个三角塔顶可以做背景，它们的轮廓在夕阳下显得格外清晰。他们一起下到底楼，库马尔的儿子也立刻发现了那一整面高高的蓝灰色暗纹大理石墙壁。

库马尔的母亲和妻子穿着鲜艳的纱丽，她们重新整理了搭在肩上的纱丽一端。男人们穿着西装，小男孩还打了领带。拍照的时候，他们都笑了。

以鸣也和库马尔合了影。他发现这里确实适合拍照，站在被灯光打亮的蓝灰色墙壁前，人的影像突出又柔和。看着照片，他有些后悔今天随便穿了件旧衬衫就出来了，早知道应该听晴的话的。

回到家，以鸣和一个深棕肤色的送货员一起进了底楼大厅，在迎面的镜子里，他看到了他俩的样子。他们身形相似，但相形之下，以鸣的背弓得厉害。他看见送货员也朝镜子里瞥了一眼，下巴一抬，似乎比以鸣高出许多。

以鸣照例和值班的门卫打了招呼。他想到，门卫这几个月来看到的都是这样驼着背的自己吗？在电梯里，以鸣站在送货员身后，不动声色地打开肩膀，挺起腰背，又学他那样抬起下巴。可进了家门，他看见映在门边穿衣镜里自己的样子，背还是驼的。

他从来没有像现在这样好好审视过自己的形体，也从来没有像现在这样无法接受它。就从成人之后算起吧，他竟然已经以这种姿态过活了十五年，自己却浑然不知。

以鸣在镜子前练习着站姿，又接到了母亲的电话。国内已经是晚上十一点了。

"我看，也可以考虑一下换墓碑的事。"

"为什么呢？"

"我想，你爸爸会喜欢吧，他这个人，最爱漂亮了。"

以鸣有些意外，他没想到母亲会说这样的话。在她那一辈人里，母亲是最不讲忌讳的，生死从她嘴里说出来，是最客观的事，更不提什么神神鬼鬼。母亲没有对他诉过苦，但她的不信让以鸣了解了她受难却无助。

而她现在这么说，以鸣继续听着。

"我想了一下，如果你要他来选，他肯定说要换。要是他，肯定第一个要换墓碑。他那么赶时髦的人。"

说着，他俩都笑起来。

祖母对他说过，脚上的肿瘤刚长出来的时候，父亲很为不能穿皮鞋而苦恼。他还记起不止一个人跟他说过父亲的白西装——那时父亲已经从厂里辞职，开了自己的服装加工厂，他为自己做了一套白西装，买了副金丝边的平光眼镜来搭配。第一天穿出去，街上的老人以为他是外国人，跟了他一路。镇上从来没有出现过穿一整套白西装、戴金丝边眼镜的人。

这是叔叔对他说的。姑姑说并没有老人跟踪他，是镇上的宣传员拍了他的照片，在电影院外面的宣传栏里展示。

以鸣不知道他们谁记错了，但白西装和金丝边眼镜总是没错的。以鸣从不追问，很小他就明白，他的好奇不值得让他们痛苦。他可以靠想象，但想象越真切，当白西服上出现了衣褶，眼镜框闪着光，父亲的身体丰满起来，步子流动起来，紧接着的事情就越是悲伤，截肢，化疗，终了。以鸣只能停下深深地吸一口气，像是把那充盈的画面中鲜活的空气抽走，让它即刻变得扁平、破碎。

"还有，墓碑上的那张画像不像他，也要换掉。"

不像他吗？因为对父亲没有印象，以鸣想到父亲，脑海中浮现的总是墓碑上的这张脸。

最近，他还会想起另一个人的样子。

出国前他去看望刚退休的陆总。陆总常常和他说起自己老家那个小镇，那也是他父亲的老家。陆总对以鸣讲过很多他父亲的事，好像是在知道以鸣的父亲也早逝之后。

陆总从卧室里抱出两本暗花布面的相册来。以鸣知道他父亲是富商家的少爷、名校大学生，新中国成立之后主动要求支边，但看到照片，以鸣还是震住了——他父亲那样尊严的、漂亮的人。

"后来我去云南，父亲的同事告诉我，他在单位里有一大贡献——他教大家洗白衬衫，拿抹了肥皂的袖口和领口互相搓，一个袖口搓完了，再搓另一个，这样领口也干净了，袖口也干净了。"

以鸣知道照片上这个人后来因为收藏了一张写着英文的明信片被认为是危险人物，寄信给他的是一个英国牧师，在教会学校读书的时候，他们一起打篮球。他还知道照片上这个人最后结局不好。陆总指着照片对以鸣说："他们说他的白衬衫，他的西装头，他的裤线，看着就是个危险人物。"

陆总父亲那气宇轩昂的样子又在眼前了，似乎比自己父亲的影像要更清晰、更明确。以鸣突然理解了他们。他们一定早就明白了生命的有限，甚至冥冥中知道了人生的短暂。他不知道他们整个人究竟是什么样的，但他决定要和他们一样，每一天都体体面面地出现在别人的眼前。

　　换墓碑这天格外晴朗。下了国道，通往公墓的石子路不知什么时候变成了水泥路。清明去公墓没有遇到堵车，这在以鸣印象中还是第一次。大家闹哄哄地在他前后说着话，看样子只有他一个人以为这是件沉重的事，因为这样，他没有答应让晴跟他一起回国。他听得出来，叔叔和姑姑一直把这当作一件喜事，他们正各自失意，还指望着换了这块墓碑后能时来运转。父辈们改变经济地位的野心，他一点儿也没有继承到。一生在希望与失望里蹉跎，以鸣一想起来就感到疲倦。

　　母亲发现以鸣变了，变得很像他父亲。有一度她觉得他谁都不像，只像他自己，她觉得那样也好。但他还是变得像他父亲。那神气让她欣喜又不安。

　　她走到他身边小声说："我昨天梦到你爸爸了。"

　　"他坐在椅子上，穿一身挺括的白西装，人比以前大了一号，看起来很健康。

　　"不过真怪，在梦里，我从来没有跟他说过话，是两边不能说话吧。

　　"我很久没有梦见他了，那个房间金碧辉煌的，看他的样子，他在那边，一定过得很好。"

　　那生命在她心里并没有结束。以鸣觉得她能这样想真是太好了。他说不出话来。

敲敲打打那一阵，叔叔姑姑们叫起父亲的名字，他们大声喊着，像在召唤一个聋人，也有哽咽的声音猝不及防地冒出来，又压了下去。墓碑上的像换过了，用的是母亲收藏的照片。父亲侧着脸，五官不似原先画像上那样秀美，多了几分英气，下颌更方正，总之更有男子气概。

叔叔走到新换上的墓碑前，凑近照片说："怎么样，大佬，这件事情交给我，还是可以的吧？蛮气派的吧？"

以鸣知道了让他不自由的是什么，是生命终结的那一刻，在沉思的角落，他总是盯着那一刻不放。他一直觉得自己幸运，因为全然无知而逃避了那一刻，他感激也同情着大人们。现在他看他们好像都变了个样，他看他们个个没有他想得那么悲凉。但他无法跟他们一样，他感到要哭，便抬起头看看天，天光一定是从很深很远的地方照射来的，以至于那样和煦。他没有充满光彩的记忆，也不知道从哪里开始继续，但他想起一句话——"不要在那溃烂的东西上去想"。他跟自己说："不要在那溃烂的东西上去想。"

五月入夏，极致的夏天将维持半年，以鸣决定不再像上个夏天那样忍耐着熬过，不再把自己困在室内，他要试试像楼里那些欧美人一样白天去游泳、晒太阳。不过最近他还没有时间。中旬审计部门就要来公司审查，大家都很忙。这几天，以鸣总听业务部的同事说到国内来了两个人，公司名头挺大，说是要来谈合作，但连个像样的方案都拿不出，一来就强调自己要住在最贵的酒店里。同事抱怨说已经很忙了，还要接待这种野路子公司来的莫名其妙的人。

在办公楼下，以鸣和同事香卡一起碰见了那两个中国人，司机正带着他们往停车场走。

"这两个人又要去打高尔夫球了，真羡慕他们有这么多时间。"香卡说。

"看样子也不像是可靠的人啊！"以鸣发现自己是在说他们的穿着。他们的西服太垮，领带系得也太短。因为要去见客户，以鸣今天穿的是前阵子定做的窄身西服，比公司发的那套西服更利落，显得精神。他很乐意在今天穿上这身新衣服，因为今天恰巧是他的生日。

路上，香卡对以鸣说起库马尔："他去了孟买一家大公司，昨天还发邮件来问我一个业务上的问题。"

"他走的时候带着全家来了一次，我还是挺惊讶的。"

"我的妻子、孩子也没有来过我工作的地方。"

"他走了还是有点儿可惜。"

"他不够谨慎。有家庭，有孩子，要很谨慎才行。"香卡若有所思道，过了一会儿他又说，"你知道吗？我有一个兄弟，他跟我一起来迪拜的，但很快就走了。他可以留下来的，但他说他不会再来。"

"为什么？"

"因为这里，整个迪拜，公路、地铁、大楼、岛，全是印巴劳工的血汗。"

地铁刚刚离站，他俩同时向窗外一个正在远去的低矮的工棚望去，几件衣服晾在屋檐下，在超过40℃的高温里被慢慢烘干。工棚后面是一片沙漠色的工地。

"人们说得对，你可以选择，留下还是离开。我跟他不一样，但我很感谢他。因为一想起他，我就觉得那些奢侈的东西对我来说不意味着什么。他解救了我。你看那里。"

"也谢谢你告诉我这些！"以鸣在心里默念道。

因为以鸣从前刻意要把自己的生日忘记，晴渐渐地也就不大在意。当以鸣提着蛋糕回到家时，晴愣了一会儿才想起是怎么回事。

蜡烛点亮的那一刻，她觉得很新鲜，这是她第一次给以鸣过生日，眼前的他坐得笔挺，穿着新西装，认真地唱着《生日歌》。她为他感到高兴，还觉得他有点儿可爱。

蜡烛点亮的那一刻，以鸣想起来，他好像刚超过了父亲的年纪。临睡前，他打开电视柜，翻出文件袋，找到了父亲的建墓卡，上面写着父亲的生卒年龄。真的，他刚超过了父亲的年纪。难怪每天都像新的一样，他想。

建墓卡的胶套隔层里，以鸣注意到一张以前没见过的收